LA PIEDRA DE RAYO

COLECCIÓN CANIQUÍ

EDICIONES UNIVERSAL, Miami, Florida, 2014

ROBERTO LUQUE ESCALONA
y
ALFREDO J. RODRÍGUEZ

LA PIEDRA DE RAYO

Finalista del Séptimo Concurso de novelas
cortas Encina de Plata, Extremadura, España.

...EDICIONES UNIVERSAL

Primera edición, 2014

EDICIONES UNIVERSAL
P.O. Box 450353 (Shenandoah Station)
Miami, FL 33245-0353. USA
Tel: (305) 642-3234   Fax: (305) 642-7978
e-mail: ediciones@ediciones.com
http://www.ediciones.com

Library of Congress Catalog Card No.: 2013953745
ISBN-10: 1-59388-250-5
ISBN-13: 978-1-59388-250-1

Diseño de la cubierta: Luis García Fresquet
Dibujo en la cubierta: Piedra de Rayo

Foto de los autores en la cubierta posterior: Ana M. Casas

Revisión por Thais Pujol

DEDICATORIA:

Para mi hija Verónica
P.
Para Anita, Dionne y Matthew
Alfredo

I

Durante una hora lo siguió en sus evoluciones, tratando de no asustarlo. El pájaro tricolor volaba de un árbol a otro sin alejarse demasiado ni permitirle que se acercara. Era tan bello que se resistía a intentar matarlo; al cabo, su instinto depredador se impuso. De un bolsillo sacó una pequeña piedra sin aristas y el arma de los niños cubanos pobres, un trozo de madera rústica en forma de Y con dos ligas elásticas unidas por alambres a los brazos. Colocó la peladilla de arroyo en el rectángulo de cuero que unía ambas ligas, las estiro al máximo, apuntó a través de la horqueta y, con un leve movimiento de los dedos, liberó el sencillo mecanismo.

Falló. La piedra pasó a través del ramaje, una cuarta por encima de la cabeza del tocororo, y el ave levantó vuelo. Esta vez no se posó en un árbol cercano. En dos segundos se perdió de vista.

Disgustado, el muchacho se dejó caer junto a una laja, recostó la cabeza en ella y saco una cajetilla de cigarros del bolsillo de su camisa. Aún no tenía doce años, pero ya fumaba. Prendió un cigarro con un encendedor que le había robado a un sujeto distraído en una bodega de Minas del Frío. Nacido y criado bajo el socialismo, la propiedad privada no era algo que se considerase obligado a respetar. Disfrutó el áspero humo del cigarrillo de tabaco negro. El placer que le producía le hizo olvidar su frustración.

Cuando terminó de fumar no tiró la colilla, sino que la aplastó minuciosamente contra la piedra. El bosque donde vagabundeaba no era de nadie; por eso lo consideraba suyo y al ser suyo, cuidaba de él. Se puso de pie y entonces la vio. Embelesado con el pájaro, había pasado por delante de la caverna sin verla. Se asomó. De la entrada al fondo había unos quince metros, los más lejanos en la penumbra, con cuatro o cinco metros de pared a pared, y tres metros del suelo al techo.

Penetró despacio en la cueva. Cuando llegó a la zona oscura sacó el encendedor. La pequeña llama iluminó el recinto.

Lo primero que vio fueron las botas, de las que salían unos huesos apenas cubiertos con restos de una tela desteñida; más arriba, sobre los huesos del costillar había una mochila cuya lona había resistido lo que la tela no pudo resistir. A ambos lados asomaban más huesos y, arriba de la mochila, una forma redondeada, una calavera cuya parte delantera parecía besar la tierra.

—¡Coño, un muerto! —gritó como si alguien pudiera oírlo.

Dejó caer el encendedor y retrocedió apresuradamente hacia la salida. Su primera reacción fue escapar de allí y ya había iniciado su huida cuando recordó el mechero. Nada respetuoso de la los bienes ajenos, mostraba, en cambio, un gran apego por los suyos. Además, no era cobarde. Volvió sobre sus pasos y durante unos minutos que le parecieron muy largos palpó el piso de la caverna hasta encontrarlo. Lo encendió de nuevo y contempló más detenidamente lo que quedaba de un hombre que llevaba muerto mucho tiempo.

*****

Por entre unas matas,
seguido de perros,
no diré corría,
volaba un conejo

Los versos de un fabulista español cuyo nombre no recordaba, declamados por Lucrecia, acudieron a su mente mientras el auto policial avanzaba a toda velocidad por la vieja y angosta Carretera Central.

—Más despacio, tú —le dijo al chofer —El muerto no se va a mover hasta que lleguemos.

El muerto. Investigar su muerte no le correspondía, pero algunos detalles habían provocado su siempre alerta curiosidad. Además, en aquella zona había combatido su padre a las órdenes del Che Guevara; no era la primera vez que la visitara.

—Un kilómetro al norte y ese esqueleto le hubiese tocado a los de Bayamo —dijo el capitán Bachicao cuando llegó al lugar de los hechos.

Una voz femenina canturreó el estribillo de la guaracha entonces de moda:

—Al que le tocó, le tocó.

Bachicao se volvió. Tras él estaba la joven forense recién llegada de La Habana. Era la primera vez que se veían. La observó con descarado detenimiento, pero la muchacha no se inmutó.

«Graciosa, la doctora», pensó.

Graciosa y algo más. La piel sonrosada hacía un bello contraste con el pelo, negrísimo. Sus labios eran como para morir besándolos y sus ojos rasgados le recordaron una canción mexicana que escuchara en San Francisco, bien cantada por su amigo Rick Garza.

—Soy la doctora Valle, capitán —dijo ella, tendiéndole mano.

—Encantado. Bienvenida a la selva profunda.

Se alegró de haber venido. Allí mismo decidió encargarse del caso en vez de encargárselo a un oficial investigador. Parado en la entrada de la cueva observó atentamente a la forense. Aquel era su primer trabajo después de haber terminado los dos años de Servicio Social y el año de Internado. A pesar de su juventud, irradiaba una sólida sensación de profesionalismo.

—¿La llevo a Santiago? —le dijo cuando decidió regresar.

La joven médico sonrió. A él le pareció notar una leve burla en aquella sonrisa.

—No, gracias, capitán. Aún no he terminado.

«Me recuerda a alguien», pensó Bachicao.» ¿A quién?»

Ya cerca de Palma Soriano, encontró la respuesta:

—Apollonia. La muchacha siciliana de Michael Corleone. —murmuró para sí.

—¿Qué dijo, capitán?

Él se volvió hacia el chofer.

—Nada. Hablando solo, como los locos.

—¿La forense lo ha puesto a hablar solo? —dijo el chofer sonriendo sin mirarlo, con la vista fija en el camino.

—Déjate de confiancitas conmigo, cabrón —contestó Bachicao, tratando de parecer severo, lo que no es fácil cuando se tienen pensamientos placenteros.

*****

El capitán Fernando Bachicao, jefe provincial del Departamento Técnico de Investigaciones del Ministerio del Interior en Santiago de Cuba, abrió la carpeta con los informes sobre el cadáver encontrado en una cueva en el municipio de Guamá, limítrofe con la provincia Granma.

—Un kilómetro al norte y ese muerto le hubiera tocado a los de Bayamo.

Dos días antes había dicho lo mismo. Su secretaria lo contempló en silencio, sin saber qué decir, hasta que se le ocurrió un ofrecimiento.

—¿Quiere café, capitán?

—Ahora no, gracias. Puedes retirarte

Comenzó a leer, obviando los detalles geográficos.

INSPECCIÓN DEL LUGAR DE LOS HECHOS

...caminamos... hasta dar con la entrada de una cueva a cuya vera podemos ver un árbol caído de grandes proporciones que tapaba la entrada de la referida cueva y que al parecer es el lugar donde en su interior se encuentra un cadáver.

A Los 12.7 metros de la entrada se observa un esqueleto humano de cúbito prono con una mochila sobre su dorso en la que se encontró una revista Bohemia de fecha 10 de mayo de 1958, varias prendas de tela, una hamaca de lona, un libro con el titulo de Santa Biblia con un agujero en su parte media que no lo traspasa. Que al levantar los restos de la mochila debajo de los restos de los huesos de la cadera nos encontramos con un revolver al parecer del calibre 44. Que todo se embala para ser analizado en el laboratorio.

Al observar el cráneo se puede detectar el orificio al parecer de entrada en el temporal derecho...

«Reacción lógica de quien oye el ruido de un disparo, el de la bala que quedo en el libro, y se da vuelta para ver qué pasa», pensó Bachicao.

...ya que los huesos de la mano derecha aparecieron debajo de la mochila junto al revolver 44.

«Como si la victima fuese a sacar el revólver que al parecer tenía en la cintura».

Que al levantar el craneo se encuentra una cadena color amarillo al parecer de oro de 24 pulgadas de largo con un colgante en forma de hacha taína de color gris oscuro. Que se toman fotos del lugar...

Algo andaba mal. No precisamente mal: algo extraño había en aquel hallazgo. Supo enseguida lo que era: ¿Por qué el asesino —porque aquello había sido, sin duda, un asesinato; le habían disparado por la espalda— no le quitó el revólver al muerto? Sabía, por el informe de la forense, que aquel esqueleto era el de un hombre joven y que su muerte databa de por lo menos tres décadas, lo que compaginaba con las fechas de edición de la *Biblia* encontrada en la mochila, enero de 1956, y de la revista, mayo de 1958, y le hacía pensar que el muerto podía haber sido un guerrillero o quizás un correo del ejército rebelde. Pero si

15

lo habían matado soldados de Batista, ¿por qué no se habían llevado el revólver y ni siquiera abierto la mochila?

Continuó la lectura, saltándose frases que no le interesaban, algo en lo que tenía ya una larga práctica.

LABORATORIO PROVINCIAL DE CRIMINALÍSTICA. SANTIAGO DE CUBA

Que se recibe... un sobre amarillo con número de expediente... en el que... una cadena al parecer de oro con un colgante...

CONCLUSIONES
1 —Que la cadena de 24 pulgadas de largo, es efectivamente de oro 22 kilates.
2 —Que el colgante resulta ser una piedra de las llamadas PIEDRAS DE RAYO.
3 —El caso...

«Al carajo», pensó el capitán, luego de considerar la posibilidad de hacerle impartir un cursillo de Gramática a algunos de sus subordinados. Luego pasó al siguiente informe.

LABORATORIO CENTRAL DE CRIMINALÍSTICA

... que se recibe un libro en regular estado de conservación de tapa dura de color negro con letras de color dorado que dicen Santa Biblia... que a dos pulgadas del borde superior se observa un orificio de penetración. Que al abrirse el mismo se extrae de su interior el plomo de un proyectil con estrías de rotación a la... perfectamente identificables en caso de la existencia de ... que a juicio de los peritos en balística que suscriben este peritaje no cabe duda que el mencionado plomo corresponde a un revolver calibre 32... Se comparó el plomo del proyectil encontrado con la base de datos...

Bachicao volvió atrás en la lectura. «Piedra de rayo». ¿Qué coño era eso? Evidentemente, un amuleto, y si amuleto era, tenía que ser de santería. Marcó el número de su amigo Rafael Chauvén, profesor de Etnología de la Universidad de Oriente.

—Sí —contestó una voz levemente irritada.

—Habla, brujo.

—¿Qué quieres, esbirro? Estoy ocupado.

—Quiero que me digas que es una piedra de rayo.

—Un trozo de silex que ha sido fulminado por una descarga eléctrica. Se encuentra en la tierra bajo las palmas sobre las que ha caído un rayo.

—¿Sirven para brujerías?

—Se usan como *aché*, como resguardo. Te he dicho veinte veces, blanquito de mierda, que no le llames brujería a la Regla de Ocha. Es una religión como la católica o las evangélicas.

—Claro, claro. Apolo es mitología, Changó es religión. Me basta, brujo. Sigue en lo tuyo, que para eso te pagan —dijo antes de colgar.

¿Era *brujero* ese muerto de hace cuarenta años? Entonces, ¿por qué andaba con una *Biblia* a cuestas? «Los cubanos no creen en nada y creen en todo». La frase era de Luis Aguilar, un escritor contrarrevolucionario de Miami con nombre de cantante de rancheras; uno que hablaba por *Radio Martí*.

Bachicao nunca había tenido una *Biblia* en sus manos. La abrió en la página donde la bala se había detenido. Leyó:

Una tarde, al levantarse David de la cama y pasearse por la azotea del palacio real, vio desde allí a una mujer muy hermosa que se estaba bañando. Esta mujer estaba apenas purificándose de su periodo de menstruación. David mandó que averiguaran quién era ella, y le dijeron que era Betsabé, hija de Eliam y esposa de Urías el hitita.

—¿Qué coño es un hitita? —se preguntó.

Acercó la silla rodante al cercano librero, sacó de él un diccionario Larousse y, en la sección histórica, buscó la letra H; luego la combinación HIT. Eran sólo dos notas: «Hita, Arcipreste de»; luego, «Hititas: Pueblo de la antigüedad que fundó un poderoso imperio en Asia Menor...» «Asia Menor era lo que hoy es Turquía. Este tipo vino de muy lejos para encontrar la desgracia». Continuó la lectura.

David ordenó entonces a unos mensajeros que se la trajeran, y se acostó con ella, después de lo cual ella volvió a su casa.
La mujer quedó embarazada y así se lo hizo saber a David. Entonces David ordenó a Joab que mandara a traer a Urias el hitita, y así lo hizo Joab. Y cuando Urias se presentó ante David, éste le preguntó cómo estaban Joab y el ejército, y qué noticias había de la guerra.
Después le ordenó que fuera a su casa.

—Claro —pensó. Que se acueste con ella para que crea que el hijo es suyo. Un tipo vivo, ese David.

En cuanto Urias salió del palacio, el rey le envió comida especial como regalo; pero Urias, en lugar de ir a su casa, pasó la noche a las puertas del palacio, con los soldados de la guardia real. Cuando le contaron a David que Urias no había ido a su casa, David le preguntó:

—¿Por qué no fuiste a tu casa, después del viaje que has hecho?

Y Urias le respondió:

—Joab, mi jefe ,y los oficiales de su Majestad duermen a campo abierto, y yo, ¿habría de entrar en mi casa para comer y beber y acostarme con mi mujer? ¡Por Yaveh que no haré tal cosa!

Pero David le ordenó:

—Quédate hoy, y mañana dejaré que te vayas.

Y Urias quedó en Jerusalem hasta el día siguiente. David lo invitó a comer y beber con él y lo emborrachó. Ya por la noche, Urias salió y se fue a dormir con los soldados de la guardia real, pero no fue a su casa.

—Todos los días sale un comemierda a la calle —dijo en voz alta Bachicao mientras lo invadía una extraña irritación.

A la mañana siguiente, David escribió una carta a Joab y la envió por medio de Urias. En la carta decía: «Pongan a Urias en las primeras líneas, donde más dura sea la batalla, y luego déjenlo solo para que caiga herido y muera».

El capitán Bachicao cerró de un golpe el libro. El polvo que salió de sus páginas lo hizo estornudar. Recordó una frase, leída o escuchada quién sabe cuándo y dónde, atribuida a Salomón, el hijo de David y de Betsabé, ascendencia que él, que nada sabía de religión, ignoraba: «Nada puede el hombre cuando llega el loco amor».

«Salomón era en verdad un sabio», pensó.

*****

«¡Dios mío!»

Aunque, como todos los comunistas, era ateo, esas fueron las palabras que le vinieron a la mente cuando la vio en lo alto de la escalerilla.

Treinta años de casados, estaba casi en la mitad de la cincuentena y aún su belleza lo deslumbraba. Ella saludo con la mano. No lo veía, pero sabía que estaba allí.

—Tranquilo —murmuró turbada cuando él la besó como si las cien o más personas que los rodeaban no existieran. Él no habló hasta que estuvieron en el carro.

—¿Cómo está Fernando?

—Bien. Muy bien. Trabajando mucho. Está investigando un caso que lo tiene fascinado.

—Sí, ¿eh?

Al entrar en el apartamento le bajó el *zipper* del vestido.

—¡Tony, viejo!

Cuando estuvo desnuda la llevó a la cama. Pasaría una hora antes que él preguntara:

—¿Qué caso es ese?

Ella respondió con un murmullo somnoliento:

—¿Cuál caso?

—El que me dijiste que estaba trabajando el muchacho.

—Ah, sí. El de un muerto que encontraron en una cueva de la Sierra.

—¿En una cueva?

—Sí. Un muerto de hace quién sabe cuánto tiempo, de cuando la guerra, quizás. Un esqueleto.

—¿Quién lo encontró?

—Un guajirito que andaba cazando pájaros. Entró en la cueva y se topó con él. Te traje el *Sierra Maestra* con la entrevista que le hicieron a Fernando sobre el caso. Está en mi cartera.

El coronel Antonio Bachicao había considerado la posibilidad de poseerla de nuevo. Ni siquiera lo intentó.

Esperó hasta estar seguro de que su sueño era profundo. Entonces se levantó y fue hasta la sala. Sobre el sofá estaba la cartera de ella. La abrió y sacó el periódico que se editaba en Santiago de Cuba.

—Capitán Bachicao, usted es el jefe provincial del Departamento Técnico de Investigaciones. Por lo que me dice, tengo la impresión de que va a ocuparse personalmente de este caso.

—Así es.

—¿Puedo saber por qué? Ese hombre murió hace mucho tiempo. Posiblemente cuando usted aún no había nacido.

—Así parece.

—¿Entonces? Si es posible, quisiera saber, para informarle a los lectores, a qué se debe su interés en el caso.

—A los detalles extraños que hay en él. Yo soy muy curioso. Todo lo que se sale de lo común me llama la atención.

—¿Puedo saber qué detalles son esos?

—Puede. La bala que mató a este hombre es de pequeño calibre, seguramente de un revólver 32. Si murió cuando la guerra, y todo parece indicarlo, no creo que haya sido un soldado quien lo haya matado, que los soldados no usaban ese tipo de arma. Además, ¿qué hacía en esa cueva? ¿De quién se escondía? Nadie tocó sus pertenencias, ni el revólver que llevaba ni lo que había en la mochila. Y las botas eran como las usadas por los rebeldes.

El coronel Bachicao tiró el periódico y salió a la terraza. Estuvo largo rato contemplando la oscuridad del mar.

Al día siguiente, ya en la oficina, llamó a su hijo.

—Fernando.

—¿Qué tal, viejo? ¿Mamá llegó bien?

La gente siempre hacía esa pregunta absurda, pensó. Siendo el viaje por avión, cualquier contratiempo hubiese sido noticia en todos los medios.

—Sí, llegó bien. Dime, ¿qué caso es ese en el que estás metido.

Cuando se lo dijo, el coronel quedó en silencio.

—Viejo ¿Estás ahí?

—Sí —tras una pausa, dijo: —¿Crees que vale la pena? Es un caso sin importancia y tú no eres un policía cualquiera. Eres algo así como una estrella.

Tras una breve risa, el joven contestó:

—Suave, viejo. Suave. Dale descanso a la ceguera paternal.

—Nada de ceguera paternal. Eres lo que eres. Además, ¿no te das cuenta que al hacer esas declaraciones te comprometes con la solución del caso, y que, si no lo solucionas, eso mermaría tu prestigio? Déjale eso a un instructor policial. El que mató a ese tipo hace tiempo que debe estar muerto también.

Se arrepintió enseguida de haber dicho aquello. Era una tontería.

—No necesariamente. Además, creo que el muerto era un soldado rebelde. Estoy tratando de localizar a gente de las columnas que operaban por esa zona.

¡Qué atravesado era aquel muchacho! Recordando la noche anterior le vino a la memoria un recuerdo que no era en absoluto sexual:

Observó el hematoma en un pómulo.
—¿Qué te pasó?

—*Tuve una bronca con uno.*

—*¿Por qué? —cuando el muchacho alzó los hombros queriendo aparentar indiferencia, insistió: —Dime. ¿Somos socios o no somos socios?*

Él contestó, sin levantar la vista;

—*Usó una frescura conmigo.*

—*¿Qué frescura?*

El muchacho vaciló, como si no quisiera contestar.

—*Dijo que mamá estaba buena.*

Se volvió bruscamente para que su hijo no lo viera sonreír. Mientras se alejaba le dijo:

—*Hiciste bien en fajarte. Con la madre no se pueden permitir parejerías.*

—Ahora mismo estoy hablando con uno —continuó Fernando —¿No recuerdas a alguno que muriera...?

—Morir, murieron unos cuantos —lo interrumpió —Ramos Latour, Pesant, Coroneaux, Geonel Rodríguez, Ciro Redondo...

—¿Y que desaparecieran sin que se supiera cómo habían muerto?

—Desertores hubo pocos, y siempre se supo de ellos más tarde.

—No hablo de desertores. Hablo de desaparecidos.

—No —contestó; luego su mente, de rápido pensar, lo hizo rectificar; no podía seguir fingiendo ignorancia —Es decir, sí. Claro que sí. Fernando Arias. El que subió conmigo.

—¿Tu amigo? ¿El que fue novio de mamá antes que tú?

El coronel Bachicao no pudo reprimir un suspiro

—Mi amigo, el que fue novio de tu mamá antes que yo. Lo mataron cuando volvíamos del Llano. Habíamos ido a buscar medicinas para el Che.

—¿Lo mataron en una cueva?

—No sé. Los soldados salieron del monte y nos echamos a correr, cada uno por su lado. Sé que lo mataron porque nunca volvimos a saber de él. Nadie supo dónde ni cómo lo mataron.

—¿El Che no intentó...?

—El Che no se ocupaba de los muertos. En este caso tú deberías hacer lo mismo. No tiene sentido gastar tiempo y energías averiguando quién mató a un tipo hace tanto tiempo y en una zona de guerra. Lo más probable es que tratara de esconderse en esa cueva y allí lo mataron.

—Quienes lo mataron no se molestaron en averiguar qué traía en la mochila ni le quitaron el arma. ¿No te parece raro?

El coronel tardó en contestar, como si estuviera considerando la pregunta. No era ese el caso.

—Sí —murmuró —Es raro.

—¿Y si fuera él?

—¿Hay manera de identificarlo?

—La médico forense dice que no. Dime: ¿Era religioso?

Esta vez el coronel decidió mentir.

—No sé. Nunca hablamos de religión. Nunca supe que fuera a misa.

—¿Y a una iglesia protestante? Te lo pregunto porque en la mochila del muerto había una *Biblia.*

Buscó una salida. La encontró.

—Quizás fuera protestante. O espiritista —«o santero», estuvo a punto de decir; pero se detuvo a tiempo —La verdad es que no sé. Nunca me interesaron las religiones. Bueno, mi hijo, tengo que trabajar. Hablamos.

—Chao, viejo. Un beso a mamá.

—Se lo daré.

Estuvo largo rato contemplando el escaso tráfico que circulaba por la calle Línea, hasta que su secretaria entró para interrumpir su atormentado pensamiento.

A ochocientos kilómetros de allí, el capitán Bachicao recordaba una conversación reciente:

—Parece que lo querías.

—Sí. Tu padre también. Por eso te pusimos su nombre

«Necesito hablar con el viejo», pensó. «Personalmente». Calculó cuándo podía disponer de tiempo para viajar a La Habana. Luego pulso el botón del intercomunicador.

—Ordene —dijo una voz femenina.

—Por favor, Andrea, resérvame un asiento para La Habana dentro de diez días.

*****

No encontró a su padre, que unos días antes había sido enviado a Francia para una misión de cierta importancia: existían evidencias de que el agregado comercial de la embajada cubana en París había sido reclutado por la *CIA,* por el *MI6* o por el *Deuxieme Boureau.* Se había preparado un operativo para llevarlo a Les Sables D'Olonne, en la costa atlántica, donde un bote los recogería para trasladarlo a un carguero de la Naviera Mambisa, que lo llevaría a Cuba.

—Les Sables D'Olonne. De allí era *el Olonés,* aquel pirata que tanto jodió cuando los piratas jodían.

—Por ahí lo sacaremos. Este no es pirata, pero parece que es igual de peligroso —contestó el ministro.

Bachicao abrió el *dossier* del hombre al que debía secuestrar, porque secuestro sería. En la foto de la primera página, un rostro sonriente irradiaba simpatía. Leyó su nombre en voz alta:

—Alejandro Sarmiento. ¡Qué nombrecito! El Rey de Macedonia y el Presidente de Argentina.

—Está bien que sea ese su nombre. Así no te olvidarás de que es un tipo de cuidado.

—¿Por qué es tan de cuidado?

—Parece que tiene algo así como encanto personal, y con él engaña a cualquiera. Conversé una vez con Alejo Carpentier sobre el tal Sarmiento y me previno contra ese detalle —El ministro repitió lo dicho por el famoso escritor imitando sus R's afrancesadas: —«Te *miga* a los ojos, *songuíe*, te pide cien *dólagues* y tú se los das». Carpentier lo conocía bien; se daban tragos juntos por lo menos una vez a la semana cuando Sarmiento estaba en París de primer secretario.

El ministro le dio unos instantes para asimilar la información y luego lo despidió.

—No te descuides —dijo.

*****

Bachicao no se descuidó. En realidad, el descuido era contrario a su naturaleza. Pero fue inútil su cautela. Caminaban por la Rue de Presles rumbo a la embajada, después de un almuerzo en que el otro hizo un despliegue de simpatía. Sarmiento iba por la parte exterior de la acera, junto al contén, cuando un automóvil se detuvo a pocos pasos de ellos.

—Es increíble la cantidad de mujeres bellas que hay en París —dijo el diplomático, señalando con un gesto a una que pasaba a la derecha de Bachicao.

Éste miró hacia donde debía estar la supuesta belleza. Bella era, sin duda; era también una prostituta cara contratada para pasar por allí precisamente a esa hora.

Veloz como su homónimo macedonio, Sarmiento subió al vehículo antes que el hombre que estaba allí para secuestrarlo pudiera reaccionar.

Era un carro de la Embajada. Unos segundos después, cuando aún estaba a la vista, Bachicao llamó por el celular. Apenas media cuadra más atrás del lugar de la escapada un carro inició la persecución después de recogerlo. Fue inútil. Sarmiento y su mujer, que resultó ser lo que los americanos llaman «a *hell of a driver*», se bajaron ante una boca del metro sin tomarse el trabajo de estacionar y desaparecieron. Cuando los perseguidores llegaron al andén, lo vieron. Desde una ventana del tren en movimiento, el fugitivo le dedico a Bachicao una de sus celebradas sonrisas.

—¿Qué hacemos? —preguntó el hombre de la Embajada.

—Nada. Esto se jodió.

No había nada que hacer. Con los años que llevaba en París, Sarmiento seguramente conocía a la perfección todas las combinaciones del Metro. En unos momentos podría estar viajando en dirección contraria. Además, era evidente que la escapada había sido preparada de antemano y que el siguiente movimiento era imprevisible. Lo mismo podía tomar el tren que iba a Londres por el túnel bajo el Canal de la Mancha, que abordar un *ferry* en Calais, que volar a Zurich, a Bruselas o a Milán.

«Así es la guerra», pensó Bachicao. «Se gana y se pierde». Pero él no había fracasado nunca y aquel fracaso venía a sumarse a la tormenta que se gestaba en la lejana Santiago de Cuba.

*****

Esperar por el regreso de su padre era imposible, pues no sabía cuándo regresaría ni tenía modo de averiguarlo. Sin embargo, el viaje no sería inútil. Todo lo contrario. Estar con su madre siempre era una experiencia gratificante y algo inesperado le daría mucho más de lo que buscaba.

—Ya que estás aquí y tu padre anda por esos mundos, ¿por qué no me llevas a Palmira? Quiero ver a mi madrina. No anda bien de salud, Y tú no la ves desde quién sabe cuánto tiempo.

Era demasiada carretera para tan poco tráfico. Recta como una pista de aviación, la Autopista Nacional hubiese resultado aburrida sin la compañía de su madre. Se dispuso a disfrutarla.

—¿Sabes en quién estoy pensando? —le dijo
—No. ¿En quién?
—En José Ángel Buesa. ¿Todavía te gusta su poesía?
—Me encanta. Siempre me gustará.
—Dicen que era decadente, que era facilista, que su poesía es de segunda.

—Sí, sí. Esa son las pejigueras de tu padre, que sabe tanto de poesía como yo de espionaje.

—Algunos intelectuales también lo dicen. Retamar, Arrufat, Barnet...

—Parece que vendió demasiados libros, que demasiada gente lo lee todavía, que lo leen más que a ellos. En Cuba siempre hubo mucha gente envidiosa.

—¿No te importa que se haya ido del país, que sea un gusano? Bueno, ya ni gusano es. Hace años que murió.

—Se habrá ido, pero sus versos se quedaron. Es mi poeta.

Fernando sonrió para sí.

—¿Sabes que estuvo a punto de escribirle un poema a tu pueblo?

Ella lo miró con recelo, pero interesada.

—¿De veras? ¿A Palmira?

—Ajá. Iba para Cienfuegos por la carretera vieja. Cuando cruzó por Palmira algo le llamó la atención y se inspiró; pero la inspiración le duró poco: sólo escribió el primer verso. Lo interesante es que luego lo usó, con un pequeño cambio, en lo que sería uno de sus poemas más famosos, ese que tanto te gusta; el de «Pasarás por mi vida sin saber que pasaste».

—Eres un mentiroso. ¿Qué tiene que ver ese verso con Palmira?

—Pues sí tiene que ver. El verso original decía —el joven Bachicao hizo una pausa; luego dijo, en tono declamatorio: —«Pasarás por Palmira sin saber que pasaste».

Ella se mordió los labios en el gesto que le era habitual cuando no quería reírse de algo que le había hecho gracia, —No te metas con mi pueblo, muchacho malcriado. Con tu padre ya tengo bastante. Además, aunque sea mi poeta, Palmira no lo necesita. Tiene a Eusebio Delfín. Cerró los ojos y entonó los versos de la vieja e invicta canción trovadoresca:

En el tronco de un árbol una niña
grabó su nombre henchida de placer.
Y el árbol, conmovido allá en su seno,
a la niña una flor dejó caer.

Yo soy el árbol, conmovido y triste.
Tú eres la niña que mi tronco hirió.
Yo guardo siempre tu querido nombre.
Y tú, ¿qué has hecho de mi pobre flor?

La voz se le fue quebrando. Al terminar el último verso comenzó a llorar. El detuvo el automóvil, se volvió hacia ella, la abrazó.
—¿Qué pasa, mamá? ¿Por qué lloras?
Alina hizo un esfuerzo por controlarse. Con las manos recogió las lágrimas que bajaban por sus mejillas. Luego dijo:
—No sé. Boberías mías. Algunas canciones me hacen llorar y esa es una de ellas. Y volviendo a Buesa y a su verso —dijo, tratando de parecer beligerante: —Palmira

no sólo tiene a Eusebio Delfín. Fue el último lugar donde cantó Benny Moré.

—Necesitaba hablar con el viejo —dijo Bachicao al cabo de un rato, la vista fija en la amplia cinta de asfalto; el escaso tráfico de la autopista propiciaba el descuido.

—Pues yo me alegro que ande por ahí en sus *conspiraderas* —dijo ella —Si hubiera estado en casa no me hubieses podido traer a Palmira.

—Te hubiese traído él, en cualquier otro momento.

—¿Él? Nunca. Jamás me ha llevado allí. Odia a Palmira.

—¿Por qué?

—¿Yo qué sé? Nunca estuvo allí, ni antes ni después de casarnos, pero es como si fuese territorio enemigo para él. Dice que es un pueblo de brujos y *rascabucheadores*. Cada vez que se acuerda, allá va con la brujería y con los Mira-Mira de Palmira.

La furia de su madre le provocó una carcajada al capitán Bachicao.

—¿Los Mira-Mira de Palmira? Y esos, ¿quiénes son?

—Según tu padre, todos los hombres del pueblo se pasan la vida acechando las ventanas abiertas y no pueden ver un hueco en una pared sin pegarle el ojo. ¡Mentiroso que es!

—Son bromas del viejo —dijo el capitán, apaciguador.

—No, no son bromas. Es mala voluntad. Tu papá... A veces hace cosas que ganas me dan de ahorcarlo. Recuer-

do cuando hizo que te mandaran al África. Estabas muy tranquilo y tranquila estaba yo sabiéndote de guardafronteras en esa playa de Oriente... ¿cómo se llama?
—Caletones. En esa playa murieron dos guardafronteras. Los mataron unos que se iban del país. La muerte está donde quiera, mamá.
—Está más en Etiopía que en Caletones ¡Etiopía! ¿Qué puede importarnos a nosotros Etiopía?
—De todos modos, el Viejo no hizo que me mandaran allá. Fui yo quien quiso ir. Quería combatir bajo el mando de Ochoa.
—Buena pieza era el tal Ochoa. General de División, ¿no? ¡General de diversión! Así le decía mi amiga Leticia, que lo conoce bien; está casada con el que fue su traductor. Atención: ahí está el desvío.

—Bien. A partir de aquí no necesito instrucciones.

El capitán abandonó la autopista y tomó rumbo sur. Ya todo le era familiar. Recordaba sus vacaciones en aquel pueblo, que terminaron cuando ingresó en la Universidad; los juegos de pelota en el terreno que estaba a unos doscientos metros de la casa de Madrina; el lugar donde hizo el amor por primera vez con aquella rolliza muchacha pueblerina, la que a pesar de su juventud, tenía una experiencia y una sapiencia natural de la que mucho aprendió y que luego le sería útil en sus amoríos universitarios.

35

Esbozo una sonrisa al recordar su primera cacería, cuando cayó de nalgas al hacer el disparo, cacería a la que acudió en compañía de un amigo, que luego sería abogado y se dedicaría a defender delincuentes en Cienfuegos, iguales o parecidos a los que él trataba de meter en la cárcel de Santiago de Cuba.

Pocos después llegaron al pueblo donde su madre había nacido y donde había vivido hasta que, ya convertida en el símbolo local de la belleza, se marchó a La Habana para estudiar Filosofía y Letras en la Universidad.

La calle que daba entrada al pueblo terminaba en un parque.

—Dobla a la derecha, rodea el parque y luego sigue hasta que yo te diga.

—Tranquila, señora. Ya he estado antes en este pueblo.

El parque, circular como una gran rotonda, estaba dividido en canteros romboidales. Frente a la calle de entrada había un obelisco triangular en cada una de cuyas caras visibles se leía una palabra: «Libertad» en la de la izquierda, «Igualdad» en la que miraba a la derecha. En sus visitas a Palmira cuando niño y adolescente Fernando nunca había reparado en él.

—No estoy seguro, pero la Fraternidad debe de estar en la cara de atrás —comentó, haciendo sonreír a su madre.

Pocas cuadras más allá, ella insistió en sus inútiles indicaciones:

—Es allí, en esa casita pintada de blanco y azul.

Alina bajó del carro y, sin esperarlo, atravesó el jardín delantero y entró en la casa, cuya puerta estaba abierta. El capitán Bachicao las encontró abrazadas, llorando. La madrina, una anciana mulata de pelo lacio y nariz prominente que le daban un aspecto de india, vestía una larga bata almidonada y se veía muy envejecida. Hacía más de diez años que no la veía, desde que terminó sus estudios de Criminología y fue enviado a hacer un postgrado en la Universidad de Berkeley, en California, y luego a ejercer en Santiago de Cuba. Recordó que, antes, ella venía a La Habana con cierta regularidad. Solo entonces tomó conciencia de que siempre lo hacía cuando su padre andaba en alguna misión.

Al fondo de la sala había un altar de santería presidida por una muñeca negra vestida con los mismos colores de la casa.

«Yemayá», pensó mientras la abrazaba y recuperaba su olor en el recuerdo. Olía a albahaca.

Tras el almuerzo, un carnero estofado de los que no se comían a menudo, y un café que la anciana, hecha a la mezcla a base de chicharos tostados, saboreó como si fuera el último de su vida, Bachicao encendió un largo habano y salió a deambular por el pueblo natal de su madre. Al regresar, las encontró en silencio. Contemplaban una vieja foto y en los rostros de ambas mujeres había lágrimas. Cuando él entró Alina pareció querer ocultar la foto, pero cambió de idea. Él la tomó.

—¿Y esto?

—Tu mamá y su primer novio. Fue amigo de tu papá. Murió, el pobrecito. Lo mataron en la Sierra.

Su decreciente interés en el cadáver de la cueva serrana volvió a tomar fuerza.

La joven pareja, en una playa que parecía ser Varadero. Ella miraba a la cámara, sonriente, el negro pelo mojado cayendo ambos lados de la cara; él contemplaba, arrobado, el hermoso cuerpo. Algo indefinible llamó la atención del capitán Bachicao.

«Se acostaban», pensó.

Luego notó algo más. El muchacho enamorado de su madre llevaba al cuello un objeto oscuro. No era una medalla. Además, se parecía demasiado a él. El parecido era excesivo para dos personas que no eran consanguíneas. Y él, por su profesión, no creía en el azar. Tal creencia estaba bien para Madrina, no para él.

Entraban a La Habana por el Este, buscando el túnel de la bahía, cuando él dijo:

—Esa foto que te dio madrina, ¿qué vas a hacer con ella?

—No sé. No quiero que tu padre la vea. Todavía tiene celos. Treinta y cinco años y todavía tiene celos. Tendré que quemarla.

—No. Dámela.

—¿Para qué?

—Para guardarla. Te veías muy linda. Y muy feliz.

La observó de soslayo. Ella había vuelto la cabeza como si mirara al mar, pero llevaba el pelo recogido y él pudo notar su rubor. Sintió una extraña pesadumbre. «Sí. Se acostaban». Corrían en silencio por el Malecón, rumbo a Miramar. La foto de la pareja en la playa estaba sujeta al parasol y él la miraba de vez en cuando. Aquel muchacho que contemplaba embelesado a su novia tendría unos veinte años, quince menos que él, y era menos corpulento; pero el parecido era demasiado evidente como para ignorarlo. El joven guerrillero que un día desapareciera en la Sierra Maestra, ¿acaso había sido algo más que el amor de su madre?

*****

Al llegar a Santiago fue directamente a su oficina en la sede de DTI.

—Quiero una ampliación de esta foto. Que se vea sólo el pendiente.

—Sí, capitán.

Colocó la foto ampliada bajo una lente de aumento y observó el objeto oscuro en el pecho del joven amante de su madre. Era una piedra de rayo, parecida a la que llevaba el hombre muerto de un disparo en la cabeza en la cueva de la Sierra Maestra. En realidad, era igual.

*****

Cuando el antropólogo contestó, Bachicao ya estaba preparado. Como su madre, era musical; al entonar la canción infantil que acompañaba a aquel dibujo animado su interpretación fue irreprochable.

> Había una vez un bru...
> un brujito que en Buluvú,
> a toda la población
> embrujaba sin ton ni son

Rafael Chauvén esperó por el siguiente verso. Como no lo escuchó, dijo:

—Debo reconocer que eres afinadito. Mi abuelo Bernardo te hubiera contratado para su orquesta.

—Te gustó, ¿eh? Voy con más.

> Una vaca en Buluvú
> no podía decir ni «mu»
> el brujito la embrujó

Chauvén ya había tenido bastante.

—Deja, muchacho, deja. Cógete un diez. —a Rafael Chauvén le gustaba apelar a la sabiduría de sus antepasados; tras emitir un sonoro suspiro, continuó: —Mi abuela

Victoriana siempre me lo decía: «No te juntes con blancos, Rafaelito. Los blancos no sirven».

—¿Que yo no sirvo? ¿Yo? ¿Tu *ambia*? Para que te arrepientas de tu error te invito a almorzar. ¿Nos vemos en mi casa el sábado?

—¿A qué hora?

—A la una.

—Está bien. Traicionaré la memoria de mi abuela. Ahora, déjame trabajar

Antes de colgar, Bachicao retornó al canto. Esta vez fue un son de los que cantaba el trío Matamoros:

> Ese negro *Rafaé*
> Chan chan
> Que dice va a *trabajá*
> Chan chan
> Mentira, no hace *na'*
> Chan chan
> *Na' ma* sirve *pa' coméee*

Colgó antes de que el otro contestara. Luego llamó a una amiga que le mantenía la casa en una condición habitable y le cocinaba cuando era necesario.

—Oigo.

—Lucrecia.

—Dígame, capitán.

—Quiero invitar a almorzar a un amigo el sábado ¿Podrías cocinarme algo?

—Usted pida por esa boca ¿Qué le cocino?

—Tasajo con fufú.

—¡Huy, qué folclórico! ¿Quién es el invitado, si se puede saber?

—Rafael Chauvén.

—Ah, claro. Lo quieres agasajar con un plato de sus ancestros esclavos. ¿Quieres *congrí* también?

—Sí. Y unos boniatos fritos. Como aquellos que me serviste una vez.

—Esos no los cociné yo. Fue mi sobrina, la Venus Calipígea, la que te quise meter por los ojos y no pude.

—¿La Venus qué?

—Calipígea. Así le llaman a una estatua romana que imitaba un modelo griego y así llama a mi sobrina un novio que se las da de intelectual. Significa «la Venus de hermosas nalgas».

—Bien le viene. Y... ¿los hará?

—Cuenta con ellos y con lo demás. A las 12 del sábado estará todo listo.

—Eres un sol de mujer, Lucrecia.

—Gracias, caballero. Usted también tiene lo suyo. ¿Me quedo para servir el almuerzo?

—No. Tengo que hablar con Chauvén sobre una investigación.

Esposa y amante de hombres famosos, en sus años jóvenes y aún después había sido el prototipo de la criolla hermosa, hermosura de la que conservaba abundantes restos, suficientes como para hacerse desear por un hombre al que casi le doblaba la edad. Su voz de contralto, extrañamente juvenil, se escuchaba a diario en la radio local, en un programa nocturno de música antigua y comentarios sobre lo divino y lo humano. Fernando Bachicao disfrutaba de su compañía y, de vez en cuando, cuando ella estaba para el paso, dormían juntos; lo que ya no sucedía con frecuencia.

*****

La casa en Vista Alegre era una de las más pequeñas en aquel barrio antaño poblado por los ricos de Santiago de Cuba. Una casa como para un matrimonio con dos o tres hijos. Sentado en la terraza que daba al patio, con un trago de Havana Club a la roca y un Cohiba recién encendido, Rafael Chauvén esperó. No mucho.

—Bien, capitancito. ¿Qué te traes entre manos? ¿Qué quieres de mí?

—¿Por qué habría de querer algo?

—«Cuando un blanco te invita a comer, es que quiere sacarte algo», decía mi abuela Mercedes.

—Al menos en este caso tiene razón. Tírame un cabo con tu ciencia brujil.

Rafael paladeo con fruición el suave ron blanco antes de contestar.

—Venga de ahí.

Bachicao se puso de pie y entró en la casa. Cuando salió llevaba la foto que había mandado a ampliar, en la que aparecía el torso del hombre amado por su madre; lo demás había sido borrado por el fotógrafo al hacer la copia. Le entregó a foto al antropólogo; luego, del bolsillo de su camisa sacó la piedra que había estado bajo la cabeza del hombre asesinado en la cueva y se la entregó.

—¿Son iguales?

Rafael observó alternativamente la foto y la piedra.

—Yo diría que sí.

—¿Lo dirías o lo dices?

Tras un largo silencio y un nuevo trago de ron, Rafael contestó:

—Lo digo.

Ahora fue Bachicao el que le dedicó una concentrada atención a su mojito.

—¿No podrían haberlas tallado igual?

El antropólogo sonrió antes de contestar.

—Las piedras de rayo no se tallan. Hay que tomarlas como Changó las dejó al fulminar la palma.

—Changó, ¿eh?

Rafael comprendió que su amigo no estaba en plan de burla.

—Changó —dijo.

—¿Está prohibido tallarlas?

—No es que esté prohibido. La Regla de Ocha no abunda en prohibiciones. Se trata de no modificar lo que hizo el *orisha*. Es su piedra. Es su rayo. La puedes tallar si te da la gana, hacer que tome otra forma, pero ya no servirá como *aché*.

—A ver si te entiendo. Si dos piedras parecen iguales es porque se trata de la misma piedra.

—Exactamente. Bachicao... —se detuvo e hizo que la conversación tomara otro rumbo —Me gusta ese apellido tuyo. Así se llamaba un aventurero español, uno de esos que llaman conquistadores, que estaba en el Perú cuando la revuelta de Gonzalo Pizarro. Una especie de corsario. Y el nombre era una variante del tuyo: Hernando en vez de Fernando. Bachicao, caramba. Te noto atormentadito.

—Tengo un caso muy difícil.

—No sabía que los policías se atormentaran con los casos difíciles. Por el contrario, creía que se entusiasmaban.

—Yo soy un policía de carne y hueso, no Sherlock Holmes ni Hércules Poirot ni el comisario Maigret.

Rafael rió quedamente.

—No te identificaba con ellos, sino con Philip Marlowe y Sam Spade.

—¿Por qué?

—Porque son solterones *singópteros* igual que tú. Holmes y Poirot son asexuales; Maigret, un hombre de familia. Dime, ¿nunca has pensado en casarte?

—Soy muy joven para casarme. Acabo de cumplir treinta y seis.

—Un niño, como aquel que dice.

Cuando Rafael Chauven se marchó, Bachicao marcó el número de su madre en La Habana. Antes que contestara, colgó.

Se sirvió otro trago. Necesitaba despejarse. Abrió el mueble destinado a la música y buscó algo que le proporcionara serenidad. En la carátula de un disco de música mexicana que le regalara Rick Garza una pareja sonreía. El rostro mestizo de Fernando Fernández lucía tosco junto al de Lupita Palomera, la más bella de las *cantadoras*. Pero sus voces acoplaban de una manera algo así como conyugal. En realidad, eran marido y mujer.

Bajó el volumen del tocadiscos, tomó el teléfono y marcó un número.

—¿Sí?

—Doctora.

—Buenas tardes, capitán.

Que ella reconociera su voz le produjo una deliciosa sensación. Demasiado deliciosa, quizás.

—¿Tiene algo que hacer esta noche? Me gustaría invitarla a cenar.

—Hoy no puedo, capitán. Tengo un compromiso.

—¿Con quién?

No acababa de hacer aquella pregunta estúpida y ya se estaba recriminando por su estupidez. Ella tardó en contestar. La imaginó sonriendo, burlona. Por fin dijo:

—Con el Dr. Damiani... y su esposa.

—Ah —dijo él sin poder ocultar su alivio —Ese viejo loco.

El Dr. Damiani era el jefe de Medicina Legal, un argentino de los tantos que llegaron a Cuba en 1959 atraídos por la leyenda del Che Guevara; en Cuba había hecho su vida.

—¿Está loco?

—Más loco que un reloj de a peso.

—Es mi jefe. Un jefe gentil, por cierto.

—Lo cortés no quita lo demente. ¿Y mañana?

—Mañana estaría bien —dijo ella en un susurro que a él le pareció acariciante.

Había pensado llevarla al restaurante del hotel Versalles, pero de pronto le resultó demasiado obvio.

—¿Qué le parece San Pedro del Mar? Está en una meseta junto al castillo del Morro.

—Me han hablado de ese lugar.

—La recojo a las 8. ¿Sí?

—Estaré lista.

*****

Bachicao la contempló en silencio. El restaurante era una construcción sin paredes, y la fuerte brisa marina alborotaba los negros cabellos de la joven médico. Ella esbozó una de aquellas sonrisas que ya comenzaban a significar algo para él. ¿Eran una invitación? ¿Acaso una burla? El recordó, una vez más, la canción ranchera.

Ojitos chinitos que dicen que sí.
Ojitos chinitos que dicen que no.

—Carla... ¿La puedo llamar Carla?
—Carla me llamo.

La cena culminó con una frenética sesión de besos junto al parapeto del castillo. Cuando ella le tomó las manos y las puso sobre sus senos, él pensó que esa misma noche lo tendría todo. Se equivocaba.

—¿Quieres pasar un rato por mi casa?
—¿Para qué?
—Qué sé yo. Podríamos tomar algo y escuchar un poco de música, ¿no? —de pronto, se le ocurrió utilizar a Fernando Fernández y a Lupita Palomera para sus aviesos propósitos —¿Te gusta la música mexicana?
Ella sonrió. Fue una sonrisa levemente irónica.
—No particularmente.
—Alguna música de la que tengo te gustará. ¿Vamos?
En aquellos labios hechos para el beso apareció una nueva sonrisa.
—Quizás otro día. Tengo una autopsia temprano en la mañana.

Cuando la llevó a su casa, ella no lo invitó a entrar. El beso de buenas noches fue breve, con una mano en el pecho de él como para evitar cualquier avance.

—Hasta mañana, Fernando.

Pero la sonrisa de despedida disipó su decepción y lo devolvió a la felicidad.

«Quizás el brujo tenga razón», pensó Bachicao al entrar en su casa vacía.

—¿Qué te parece? ¿Verdad que es bonita?

Lucrecia y el capitán Bachicao habían seguido discretamente a la doctora Valle mientras ella deambulaba por la calle Enramada, deteniéndose de vez en cuando ante la vidriera de alguna tienda. Con su bella voz de contralto, Lucrecia entonó su versión del primer verso de una canción de ABBA:

—*Don´t you hear the bells, Fernandooo?*

—¿Qué campanas?

—Campanas de boda. Aunque, claro, tú no te casarías por la Iglesia.

—¿Quién ha hablado de casarse?

—Yo. Desde ahora reclamo mi derecho a ser testigo· en esa ceremonia. Digo... si la doctora te acepta. Lo que aún está por ver.

*****

Tras mucho pensarlo, se decidió.

—Hola, vieja.

Ella notó algo inusual en la voz del hijo.

—¿Pasa algo?

—No. ¿Qué va a pasar?

—No sé. Te noto muy tenso.

—Tengo más trabajo del que necesito. Mamá —hizo una pausa para organizarse —¿Te acuerdas del revólver que usó el viejo cuando estaba en la Sierra?

—Claro

—¿Todavía lo tiene?

—Claro que lo tiene. Es como una reliquia para él.

—Ya sé, pero... Pensé que podría haberlo donado para el Museo de la Revolución o algo así.

—¡Qué lo va a donar! Tendría que pedírselo Fidel en persona.

—Sí, me lo imagino. Oye, ¿sabes dónde lo tiene?

—En el *closet* de nuestro cuarto, en un estuche de cedro que mandó a hacer; a cada rato lo saca para engrasarlo, como si lo fuera a usar, pero luego lo guarda otra vez.

—¿Para qué quieres saberlo?

Él vaciló.

—Es que... en estos días quizás vuelva a La Habana.

—¿Vienes otra vez? ¡Pero si te fuiste hace cinco días! Bueno, a mí que me importa por lo que vengas, lo que quiero es verte. ¿Cuándo vienes?

—Todavía no sé. ¿Podrías ver si el revólver está ahí todavía?

Ella quedó en un sorprendido silencio. Cuando habló, el noto sorpresa en su voz; sorpresa y algo más.

—¿Pasa algo? —pregunto por fin

—No, no pasa nada. Sólo quiero saber si todavía lo tiene.

Tras otra pausa, ella dijo:

—Voy a ver.

Cuando Alina regresó al teléfono su desconcierto era evidente.

—No está.

—¿Cómo que no está?

—Desde que no mudamos a esta casa, y de eso hace 30 años, siempre estuvo donde te dije; ahora no está.

Él trato de disipar su preocupación.

—Bueno, no importa. Era solo curiosidad.

—Entonces, ¿cuándo vienes?

—Todavía no sé. De todos modos, si no voy ahora, dentro de un mes debo asistir a un congreso de Criminología en España y pasaré un par de días en La Habana. Te llamaré. Oye...

—¿Si?

—No le digas al viejo que estuve preguntando por el revólver.

—¿Por qué?

—Otro día te lo explicaré. Un beso, mi vieja linda.

*****

¡Cuánto tiempo! Treinta y siete años desde que ocurrió lo que ahora amenazaba con destruir su vida, su carrera, su brillante aunque silenciosa carrera, que no cualquiera llegaba a coronel en la Dirección General de

Inteligencia. Treinta y siete desde que la vio por primera vez para su frenesí, su tormento, su felicidad y ahora, su desgracia.

Haber seducido a la amante de aquel oficial de la policía fue su primer triunfo. La mujer, sin quererlo, le proporcionaba información que luego él trasmitía al Movimiento 26 de Julio. Además, acostarse con ella tenía un encanto especial, el que acompaña siempre al sexo con las hembras del enemigo.

Lo que no podía imaginar es la importancia que aquella relación clandestina tendría en su vida. Ella le había dado una llave de su apartamento, en el que las persianas que miraban al edificio contiguo estaban siempre cerradas. Cuando le preguntó el motivo, la mujer le dijo que así amortiguaba el sonido de los gritos de un niño que vivía en la planta baja y era terriblemente maltratado por sus padres.

Un día que marcaría su vida, él llegó cuando la mujer no estaba. Solo, se dejó llevar por una mala inclinación que padecía desde adolescente. Cojo: así lo llamaba Fernandarias por el Cojo Caissé, un personaje de Holguín, su ciudad natal, autor de una famosa guaracha y aficionado a atisbar la intimidad de mujeres ajenas, y que cojo era. Abrió apenas las persianas y, unos metros más abajo, ante las ventanas abiertas de un apartamento del edificio contiguo, estaba la mujer más bella que había visto nunca. Parecía tener unos veinte años y en su cuerpo no había una línea recta. Su piel era muy blanca y en ella resaltaba un espacio triangular de absoluta negrura. Tenía el pelo cubierto por una toalla puesta a modo de turbante. Se quitó la toalla de la cabeza y comenzó a secarse el pelo mientras deambulaba por el cuarto, de frente a la ventana, luego de espaldas. Desnuda.

Al escuchar el ruido de los tacones de la amante del policía cerró la persiana y se sentó en el sillón más cercano.

—¿Qué te pasa? —preguntó la mujer al verlo con la cabeza inclinada, los codos sobre las rodillas.

—Menos mal que llegaste —contestó.

—¿Te sientes mal? ¡Pero, muchacho!

Él ya estaba de pie, la erección en evidencia. Comenzó a desnudarla. Cerró los ojos y, en su imaginación, poseyó por primera vez a la mujer más bella que había visto nunca.

*****

La visión maravillosa no se repetiría, aunque él se asomó una y otra vez a la persiana. Sin embargo, un mes después la volvió a ver.

—Te presento a mi novia —dijo Fernandarias —Él es mi amigo Tony.

Luego la vería dos, tres veces. Por último, ambos se escondieron en casa de una tía de ella. Pasarían allí dos semanas antes de partir para la Sierra Maestra. Dos semanas de tormento pues la bella los visitaba a diario y a veces se quedaba a dormir. Cuando eso sucedía, Fernando se escabullía tan pronto la casa quedaba en silencio.

*****

El día de la partida, los fue a despedir a la estación. Ya estaban acomodados en el tren #1, el que iba a Santiago de Cuba, cuando ella apareció. Caminaba por el andén sin mirarlos, como si no los viera; como si buscara a alguien que no era ninguno de ellos. Llevaba un vestido rosado de falda amplia.

«Kim Novak con el pelo negro», pensó él cuando el tren se puso en movimiento. Sólo entonces ella los miró. Miró a Fernando, a su amigo Fernando Arias, no a él.

—*Cojo.*
—*Dime.*
—*¿Y ese revolvito?*
—*Se lo tumbé a la querida del policía el último día que la vi.*
—*¿Crees que vale la pena llevarlo? En la Sierra no te va a servir de nada.*
—*Eso nunca se sabe. Es chiquito, pero mata.*
—*Si disparas desde muy cerca.*

—*Quizás algún día deba dispararle a alguien desde muy cerca.*

—*Alina está en estado* —*le dijo Fernandarias.*
Lo dijo cuando cruzaban el puente sobre el rio Zaza, recordó. Había transcurrido casi medio siglo y aún le dolían aquellas palabras.

*****

Cuatro meses llevaban en la Sierra cuando fueron enviados a Vegas de Jibacoa, una aldea situado a un día de camino, al pie de las estribaciones. Iban a buscar medicinas, sobre todo adrenalina para el asma del Che Guevara, de cuya columna formaban parte. A punto de partir, Fernandarias metió un voluminoso libro en su mochila.
—¿*Vas a cargar con tu* Biblia? *No creo que tengas tiempo para la lectura* —*le dijo.*
—*Tiempo siempre hay* —*contestó Fernandarias.*
—*Dime una cosa: tú eres santero, ¿verdad? ¿Para qué lees la* Biblia?
—¿*De dónde sacaste eso de que soy santero?*
Fernandarias llevaba la camisa abierta. El señaló una especie de amuleto que colgaba de su cuello.
—*Eso es un aché, un amuleto de santería.*
El otro tomó la pequeña piedra triangular y la contempló con una expresión de ternura.

—*Me lo dio Alina. Ella sí cree en esas cosas. Es de Palmira, un pueblo cerca de Cienfuegos que es La Meca de la santería.*

—*La Meca de la santería es Guanabacoa —dijo él.*

—*Está bien, Palmira no será La Meca, pero por lo menos es Medina. Y yo no soy santero. Soy evangélico. Cuáquero, por más señas.*

—*Cuáquero, ¿eh? ¿Cómo el cereal?*

—*¿Qué cereal?*

—*La avena Quaker. ¿Nunca has tomado Quaker en el desayuno?*

—*Lo de «cuáquero» es un mote. El nombre verdadero es Sociedad de Amigos, Friends Society. El colegio en el que estudié en Holguín se llamaba Los Amigos.*

—*¿También eran amigos de los santeros?*

Fernando Arias sonrió, ausente. Antonio sabía con quién estaba en ese momento.

*****

Partieron al amanecer. Él regresó dos días después. Solo. El Che revisó la mochila llena de medicinas e hizo un gesto de asentimiento.

—*¿Y Fernando?*

Bajó la cabeza. Su voz era apenas un susurro cuando dijo:

—*Un pelotón de guardias salió del monte, detrás de nosotros y nos tiroteó. Al huir nos separamos. Yo escapé no sé ni cómo.*

—*¿Gente de Sánchez Mosquera?*

—*No sé, comandante. Pudieran serlo, por la manera de aparecer. De pronto se abrió el monte v...*

El Che quedó absorto, momentáneamente solo con sus recuerdos. Puso la mochila en el suelo y encendió su pipa.

—*Y, bueno. Menos mal que no fuiste vos el muerto. Al menos se salvaron las medicinas.*

No pudo evitar un gesto de pesar, de auténtico pesar. El Che lo miró, ceñudo.

—*¿Y a vos qué te pasa? Andá, no seas boludo. Aquí se mata y se muere. Esto es una guerra, no un bailongo. Hoy le tocó a él, mañana pudiera tocarte a ti. O a mí.*

El argentino mordisqueo la pipa con aire meditabundo. Luego lo despidió con un gesto.

*****

—¿Por qué no viniste antes? Mañana ya te vas.

Pudo haber venido antes, pero, sin saber a ciencia cierta porqué, quería limitar al mínimo el tiempo que debía pasar con su padre. Sin embargo, cuando él llegó, se abrazaron con el afecto de siempre.

Cuando su madre se afanaba en la cocina, Fernando salió a la terraza que daba a la calle para fumar. Sabía que su padre lo acompañaría.

—Viejo —le dijo, después de una rápida ojeada al interior de la casa —¿Todavía tienes aquel revolver que usaste en la Sierra?

Tras una larga pausa, el coronel contestó:

—No. Lo regalé.

Fernando lo miró, asombrado.

—¿Lo regalaste? ¿Por qué? Era como una reliquia...

—Las armas son para matar, no para guardarlas como reliquias. Se lo regalé a uno de las FARC que estuve entrenando.

—Era sólo un 32. No creo que le sirva de mucho.

—Seguramente. Pero quise que se llevara algo mío. Le tomé estimación y quise hacerle un regalo personal.

Fernando aparento un gran interés en el humo de su Cohiba.

—Si es así... a lo mejor un día lo recobras.

—Difícil. Al hombre lo mataron.

Quedaron en silencio. Cuando Fernando Bachicao se volvió a mirar a su padre, éste lo observaba con reconcentrada atención.

—¿Y el muerto de la cueva?

Fernando se puso de pie y anduvo unos pasos hasta el borde de la terraza. Aquella pregunta, inmediatamente después de la historia sobre el destino del revólver fue casi una revelación. Cuando pudo contestar dijo, sin volverse.

—Voy a seguir tu consejo. Eso no lleva a ninguna parte.

—No fue un consejo; fue sólo una opinión. Yo no puedo darte consejos en materia de investigación policial. En el Ministerio se dice que eres el mejor.

Se volvió a mirarlo. Había sido un buen padre para él.

—Creo que llegaré a ser tan bueno en lo mío como tú en lo tuyo.

—¡A comer! —dijo una voz cantarina.

*****

Se habían conocido hacía diez años. La sumamente izquierdista Universidad de California en Berkeley le había ofrecido al Ministerio del Interior una beca para un *master* en lo que allí se conocía como *Criminal Justice*. El joven Fernando Bachicao se acababa de graduar en la Escuela de Derecho de ls Universidad de La Habana. Su expediente era brillante y más aún su *pedigree*: era hijo del teniente coronel Bachicao, uno de los fundadores de la Dirección General de Inteligencia y estrella de las inevitables actividades conspirativas de tiempos de la Guerra Fría. Era natural que lo seleccionaran.

Durante el año que pasó a orillas de la Bahía de San Francisco disfrutó de la bella ciudad y de las delicias de todo un pelotón de jóvenes enloquecidas, fumó discretamente marihuana, hizo amistad con izquierdistas americanos que luego su padre utilizaría y estableció una especie de hermandad con un *chicano* en quien la vocación policial era muy fuerte; tanto, que la causa de la izquierda era para él secundaria. Por alguna razón que ellos mismos ignoraban, la de Rick Garza se convirtió en una amistad duradera, ya con más de diez años de antigüedad, mantenida a través de cartas que iban y venían a través de México, seis o siete al año, siempre entregadas a la Contra —Inteligencia, que alentaba aquella relación.

En todo ese tiempo se habían visto solo cuatro veces: en ocasión de una Conferencia sobre Criminología en Monterrey a la que asistió Bachicao, y a donde Garza acudió para ver a su amigo, en dos visitas a Cuba haciéndose pasar por turista mexicano y en una vacaciones del *chicano* en República Dominicana. Ahora, Rick Garza le anunciaba que acudiría a un simposio en Oviedo, al que Bachicao, que para entonces era el mejor investigador de delitos comunes en Cuba, también había sido invitado.

El día que recibió la confirmación del viaje, el capitán Bachicao fue a la morgue de Santiago de Cuba, pidió ver los restos del hombre encontrado hacía un año en la cueva de la Sierra, tomó una falange del esqueleto y la introdujo en un sobre de plástico estéril.

*****

Covadonga fue la primera parada en su excursión a los Picos de Europa.

—¿Cómo se les ocurrió a los moros meterse en esta ratonera? —dijo Bachicao contemplando el estrecho valle y las altas cumbres que lo rodeaban.

—Mi madre siempre dice que Dios ciega a quien quiere perder —contestó Rick Garza —Comparado con esto, lo de Custer en Little Big Horn fue una maniobra digna de Napoléon. Dime, *mano*, ¿piensas dedicar nuestra única tarde libre a contemplar la estatua de don Pelayo y a regocijarte rememorando la masacre de los sarracenos?

Siguieron su camino. No fueron lejos. Una espesa niebla descendió sobre las montañas y los obligó a desistir. Transitar por un desconocido camino de montaña sin ver más allá de diez metros era buscar la muerte en un barranco.

En el descenso se detuvieron ante una antiquísima casa de piedra que había sido morada del rey asturiano Alfonso *el Casto*. Ascendieron por una escalera exterior hasta el segundo piso y entraron en una gran sala vacía. Bachicao se decidió:

—Necesito un favor.

Garza se volvió hacia él y lo invitó a hablar con un gesto. De un bolsillo lateral del saco Bachicao sacó dos pequeños sobres plásticos y se los extendió.

—¿Y esto?

—El hueso es una falange de un hombre que murió hace unos treinta y cinco años. La sangre es de alguien que pudiera ser su hijo. Quiero que les hagas un examen de ADN para saber si son o no lo que yo creo. En Cuba todavía no hay medios para hacerlo.

Rick Garza asintió.

—*No problema.* ¿Es un asunto oficial o...?

—O —contestó Bachicao —Estoy investigando un asesinato. La investigación no parece interesarle a nadie. El asesinato ocurrió hace mucho tiempo. Pero a mí sí que me interesa.

—¿Puedo saber por qué?

Bachicao dio unos pasos por lo que parecía ser el salón principal de la mansión. Buscaba una fórmula para suavizar su negativa, No la encontró.

—No —dijo por fin.

La alegre risa del policía *chicano* resonó en la sala vacía.

—¡Ah qué Fernando, éste! ¿Somos *cuates* o no somos *cuates*?

—Somos *cuates*, socios, hermanos, somos lo que tú quieras. Pero no quisiera hablar de esto con nadie. Por favor.

—¿Me quieres implicar en alguna onda conspirativa, cabrón?

—Tú sabes que no. O debieras saberlo. ¿Me vas a hacer ese favorcito, ese *favorzote*?

—Está bien, está bien. No faltaba más.

—¡Perfecto. Ya sabía yo que mí socio mexicano no me iba a fallar.

—Yo no soy mexicano, pendejo. *I'm a redneck. Don't you see my red neck?* —dijo, mostrándole su nuca.

Era realmente rojiza. Rick Garza, con su pelo castaño claro y su piel blanca, era lo que en México llaman un *güero*. Sus abuelos eran *norteños;* habían venido de Nuevo León, donde había más blancos que indios y mestizos.

—*Yeah, I can see it.*

Bachicao salió de la sala y se detuvo en lo alto de la escalera exterior.

—¿Trajiste cámara? —preguntó.

—Traje —contestó Garza palmeándose un bolsillo.

—Magnífico. Quiero que me tomes una foto parado aquí. Tómala desde el camino, que se vea toda la casa.

—Lo que usted mande, jefecito —dijo Rick Garza iniciando el descenso.

En un restaurante de Cangas de Onís, ante sendos platos de fabada, Bachicao dijo lo que le faltaba por decir.

—Cuando me escribas, mándame la foto. En la carta escribe un comentario cualquiera sobre ella...

—Ya lo tengo: «El casto Fernando I visita la que fue morada del también casto Alfonso II».

—Eso o cualquiera otra cosa. Yo sabré que mi sospecha de que el del hueso y el de la sangre son padre e hijo. Si la carta llega sin la foto, indicará que me equivoqué.

Rick Garza rebañó lo que quedaba de su fabada.

—Oye, *mano* —dijo —¿Todos los cubanos son así de conspiradores? ¡Cómo les gusta el misterio! No le hace que Cuba sea un país soleado: lo de ustedes es la penumbra, el *tenebroseo.*

La risa de los clientes atrajo a un camarero.

—¿Algo más, señores?

—Sí —dijo Bachicao —Un par de brandys

—Sí, señor ¿De qué marca?

—Lo dejo a su elección.

*****

Dos meses después llegó carta de Rick Garza. Tan pronto la tuvo en la mano supo la respuesta: el sobre pesaba demasiado para contener sólo una hoja de papel. Dentro había dos fotos. En una de ellas, ambos jóvenes sonreían, al parecer muy divertidos, junto a las aguas de un río estrecho y torrentoso, el río en el que Franco solía pescar, según les dijo el amable lugareño que se ofreció para retratarlos; que Garza se la enviara era una pequeña muestra de su humor *cal-mex*, más propio de México que de California. En la otra, un taciturno Fernando Bachicao miraba hacia las montañas desde el piso alto de la mansión de un rey asturiano.

«Mi padre, caramba», pensó.

—El amor de mamá —dijo en voz alta.

*****

Recorrieron los dos kilómetros de Santa María del Mar desde El Megano, donde comenzaba, hasta la leve hondonada por la que el mar penetraba en la albufera durante la marea alta, que marcaba el límite con Boca Ciega. Se volvieron y trotaron en dirección contraria. Fernando se detuvo al llegar frente al antiguo *club* del sindicato de trabajadores bancarios, en dos de cuyas habitaciones se hospedaban.

—¿Qué pasa? —pregunto el coronel —¿Se te acabó el aire?

Fernando no esperó más:

—Ya resolví el caso.

Su padre, el hombre que lo había criado, se detuvo. Sin mirarlo, preguntó:

—¿Qué caso?

—El del muerto que apareció en una cueva de la Sierra Maestra.

El coronel Bachicao sabía ya la respuesta, pero de todos modos preguntó:

—¿Sabes quién era?

—Fernando Arias se llamaba. Era el novio de mamá. Mi padre biológico. Y lo mataste tú.

El coronel le dio la espalda y dio unos pasos hacia donde llegaban las suaves olas.

—¿Qué pruebas tienes?

—¿De que era mi padre? Por el *ADN*.

—Aquí todavía no hay medios para hacer pruebas de *ADN*.

De pronto, Fernando Bachicao sintió ganas de llorar.

—Rick Garza se encargó —dijo en un susurro.

—Está bien. De todos modos, no fue eso lo que te pregunté. ¿Qué pruebas tienes de que fui yo?

—No tengo pruebas. Supe que fuiste tú cuando desapareciste el revólver. Pero saber no es probar.

Antonio Bachicao se volvió hacia el que había sido su hijo.

—Entonces...,¿vas a acusarme sin pruebas?

—No voy a acusarte. Te volviste loco por una... —iba a decir «una hembra», pero no pudo—...por una mujer, y mataste a un hombre para quedarte con ella. Un crimen pasional ocurrido hace treinta y cinco años. Conociendo a los actores del drama, es evidente que el amor te cegó. Lo que complica el caso es que la mujer en disputa es mi madre, el muerto era mi padre biológico y el asesino... mi padre a secas.

«Su padre a secas»

—Entonces, ¿qué vas hacer? ¿Se lo vas a decir a tu madre?

—Ni loco. No voy a hacer nada. Si alguien hace algo serás tú.

—¿Qué quieres que haga?

—Cuando decidiste matarlo estabas solo. Ahora estás solo otra vez. Podías haber esperado a que lo mataran en un combate, pero decidiste no jugar esa carta. Podías haber apostado a que el matrimonio de mamá y él fracasara, como tantos de aquellos tiempos, pero no lo hiciste. Te la jugaste. Ganaste. La tuviste. Todo estuvo en tus manos cuando entraron en esa cueva, quién sabe para qué. Todo está en tus manos ahora. En cuanto a mí, no volveré a hablar contigo de esto nunca más. Nunca.

Del bolsillo posterior del pantalón deportivo sacó un papel y se lo entregó.

—¿Y esto?

—Una copia de la solicitud de sobreseimiento.

—¿Qué lees? —preguntó Alina.

—Un informe.

DEPARTAMENTO TÉCNICO DE INVESTI-GACIONES
SANTIAGO DE CUBA

Al Jefe de la Fiscalía Provincial de Santiago de Cuba, vista la denuncia incoada por la unidad municipal de la Policía Nacional Revolucionaria de Guamá por la posible comisión de un delito de Homicidio, el oficial actuante, capitán Fernando Bachicao, Jefe del Departamento Técnico de Investigaciones de la provincia de Santiago de Cuba, eleva a usted las siguientes CONCLUSIONES:

PRIMERA: Que de las actuaciones se desprende la presunta comisión de un delito de Homicidio con autores desconocidos.

SEGUNDA: Que la causa de la muerte fue un disparo de arma de fuego (revólver calibre 32) cuyo proyectil penetró por el temporal derecho del occiso interesando el cerebro.

TERCERA: Que del resultado de las investigaciones practicadas, que se acompañan en el presente expediente, la data de la muerte se puede ubicar en la segunda quincena del mes de mayo de 1958, sin que haya sido posible precisar el día.

CUARTO: Que debido al tiempo transcurrido y a la falta información sobre el occiso, no ha sido posible establecer su identidad.

QUINTO: Que a tenor de lo establecido en el artículo 264 de la Ley de Procedimiento Penal y el artículo 64, apartado 1 del Código Penal, solicitamos se dicte, si a bien lo tiene, auto de Sobreseimiento Libre por prescripción de la...

Bachicao sacó un cigarro de la cajetilla que estaba en la mesa de noche y salió al balcón. No lo encendió. Lo que hizo fue enrollar el papel que le había entregado su hijo y prenderle fuego por un extremo con el mechero. El terral se llevó las cenizas.

*****

El coronel Antonio Bachicao, vestido con uniforme de gala y luciendo sus condecoraciones, entró en el despacho del Ministro del Interior. Lo acompañaba el Jefe de la Dirección General de Inteligencia. Antes de decir una palabra se quitó una a una las medallas y las depositó en el buró del asombrado ministro.

II

Regresar era su meta desde que llegó, desde que se lanzó al mar en una balsa en la que navegara dos días, desde que nadó hasta el cayo que llamaban Isla Morada.

Su «leyenda», como le llamaban en el mundo del que él provenía a la vida falsa que se les inventaba a los agentes infiltrados, había sido muy bien elaborada, lo que no resultó difícil en su caso, pues su trabajo fue siempre en el espionaje, en la inteligencia, por lo que su trato anterior con el común de las gentes era limitado. Como una medida de protección lo sometieron a un proceso quirúrgico de rejuvenecimiento que incluyó una leve disminución en la prominencia de su nariz.

Tan pronto salió del centro de detención de la avenida Krome se dedicó a la búsqueda de lo que llamaban «las tres C» de los balseros: casa, comida y culo. Las encontró en una antigua conocida con la que disfrutaba de la ventaja de que el conocimiento no era mutuo. Era una guitarrista, que a veces también cantaba, elegante hija de burgueses desposeídos que, por alguna razón, había decidido permanecer en Cuba. Tocaba en restaurantes de postín en los que el coronel Bachicao agasajaba a extranjeros que eran de su interés. Más de una vez pensó invitarla a salir.

Luego se alegró de no haberlo hecho cuando ella se metió en líos con la justicia por intentar desertar durante un viaje turístico a la Unión Soviética y terminó en la prisión de mujeres que alguien había bautizado como «Manto Negro». En Miami se había abierto camino con la guitarra, el canto y la elegancia. Ganaba buen dinero y lo administraba bien: ya tenía un apartamento en Miami Beach, aunque sin vista al mar ni a la bahía, lo cual era mejor para él, pues el mar le provocaba nostalgias.

Llevaban varios años viviendo juntos y la relación era armoniosa, pues él se había esforzado en ser un marido modelo. Antes de comenzar su convivencia consiguió empleo como mecánico; convirtió así en lucrativo oficio lo que había sido una afición.

En lo material, su vida en Miami no había perdido calidad en relación a la que tuviera en Cuba. El apartamento de la avenida Washington era más pequeño que el de la avenida 1ra. de Miramar, pero también más moderno. La guitarrista era hermosa y hogareña, cocinaba bien y en la cama tenía un buen desempeño, aunque, para él, no habría otra mujer como la que dejara atrás, con la ventaja para la exiliada que aquella la había perdido y no contaba con recuperarla. Su *SUV* Ford era superior al Lada que tenía en La Habana, pero no aportaba *estatus*, que cualquiera podía tener un Ford en Miami y pocos un Lada en La Habana. Lo peor era que allá era alguien y aquí, nadie.

*****

Nueve años «congelado». Sólo dos veces había salido del hielo. La primera tuvo como objetivo un matrimonio de desertores que escaparon de una embajada en Suramérica llevándose una buena cantidad de dinero. En Miami, ella se estableció como astróloga. Tenía un programa de radio que terminaba a las 9 de la noche. Cuando le tocó morir, los astros no se tomaron el trabajo de prevenirla. El marido siempre la esperaba en el parqueo. La media hora que duraba el programa la dedicaba a escuchar la radio del auto. No la escuchaba a ella; al parecer, no se contaba entre los creyentes de la astrología. La noche en que los mató entró en el parqueo cuando faltaban cinco minutos para que ella terminara su programa. Estacionó al fondo del lote y se encaminó a la entrada del edificio cuyo primer piso ocupaba la radioemisora. Vestía un uniforme de *Security Guard*. Al acercarse a la entrada se detuvo, miró hacia el auto reflejado en los cristales y cambió de rumbo, dirigiéndose hacia él. Tocó suavemente en el cristal de la ventanilla.

—*It's everything OK, sir?*

—*Oh yes. Yes* —dijo el hombre sonriendo.

—*Have a good night* —dijo él, también con una sonrisa, y con un rápido movimiento introdujo en el auto su mano derecha armada con una pistola de pequeño calibre y le disparó al pecho. Abrió la puerta y accionó el botón que inclinaba el espaldar del asiento. Acomodó el cadáver de tal manera que el hombre parecía dormir.

Regresó a su auto. Cuando la astróloga apareció en el estacionamiento dejo que se acercara, echó pie a tierra y se encaminó hacia ella. La mujer lo observó con un leve sobresalto, que se disipó al reconocer el uniforme.

—Despierta, viejo dormilón —dijo abriendo la puerta del automóvil.

Antes que la cerrara ya estaba junto a ella. Le disparó a la cabeza con la silenciosa pistola, cerró la puerta y volvió a su auto. Unos segundos después estaba en la calle, alejándose del lugar.

La siguiente misión sería de muy distinta índole.

*****

Siempre dormía hasta bien entrada la mañana. Los golpes en la puerta la despertaron. Se puso una bata de casa, anduvo hasta la puerta y abrió la mirilla. No pudo ver nada. Alguien la bloqueaba con la mano o con lo que fuera.

—¿Quién es? —preguntó vagamente alarmada.

—Shambalajá.

Feliz al escuchar aquella voz, aquella extraña palabra, Graciela descorrió los cerrojos y abrió la puerta. Se echó a un lado para dejarlo pasar y sin esperar a cerrarla se abalanzó sobre el hombre.

—¡Papi!

De la alegría pasó al llanto. Un llanto desesperado. Él la abrazó con más fuerza.

—Bueno, bueno. Tranquila. Déjame quitarme el macfarland.

Se quitó el saco y lo dejó caer en el sofá de la sala. Luego la llevó al comedor, se sentó en una silla e hizo que ella se sentara en sus rodillas.

—Cuéntame.

Ella continuó llorando. Él la dejó llorar. Al fin se calmó y comenzó a hablar.

—Me sentía muy sola, Pepe. Muy sola. Ya hacía seis meses que Tomás se había ido. Ya no podía más. Entonces... me enredé con un hombre.

Él suspiró hondo.

—Ah, muchacha caliente.

—Sí. Me enredé con un tipo. Y el tipo resultó de la Seguridad.

—Bueno, Gracielita. No es el primer seguriche con quien te acuestas. Yo también fui de la Seguridad... cuando se llamaba G-2.

—Tú eres otra cosa. Siempre fuiste bueno conmigo. Este... es malo.

—¿Qué te hizo?

Graciela guardó silencio. Él espero. Al fin ella dijo:

—Me... me sacó películas. Me filmó cuando estaba con él... en la cama. Luego me las enseñó. Creía que me iba a morir de vergüenza.

José Volta abrazó a la llorosa muchacha.

—Gracielita, caramba. Cosas como esas les pasan a las mujeres que duermen con el enemigo. Mira a Julia Roberts.

Mientras esperaba que se calmara se dedicó a meditar acerca de la vulnerabilidad femenina. Si a él lo hubieran filmado mientras estaba en esos menesteres hubiese pedido que le dieran una copia de la película para mostrarla a sus amigos. Cuando pensó que ella estaba en condiciones de seguir contándole sus malandanzas la invitó a continuar.

—¿Qué más? Lo que me has dicho es bastante, pero tengo la impresión de que falta lo principal.

—Falta lo principal —repitió ella —Comenzó a chantajearme. Me amenazó con enviarle las películas a Tomás. Para que no lo hiciera, yo tenía que darle el dinero que Tomás me enviaba. Que me envía. Me dejaba un poco para mis gastos y él se quedaba con la mayor parte. Además, me dijo que nunca me dejaría ir. Que me bloquearía la salida con amigos que tiene en Inmigración. Que yo le gustaba mucho y quería que me quedase con él.

—Y, de paso, que también se quedase el dinero de Tomás.

—Sí.

Él la abrazó con fuerza. Luego palmeo sus robustas nalgas. Al sentir sus manos ella dijo:
 —¿*Quieres?*
 —*No* —*dijo él* —*Tomás y yo nos hemos hecho amigos.*
 —*Lo pensó mejor: consideró que su amistad con el marido era reciente y más bien superficial, recordó el memorable desempeño sexual de la muchacha y luego dijo:* —*Quizás, si logro sacarte de aquí. Pero no tienes que hacerlo. Si te ayudo es por amistad.*
 —¿*Lo vas hacer, Pepe?* ¿*Me vas a ayudar?* ¿*Cómo?*
 —*Dame dos meses. Mientras tanto, que todo siga igual. Cuando esté listo te lo haré saber.* ¿*Lo ves aquí o en su casa?*
 —*En su casa.*
 —¿*Dónde vive?*
 —*En el edificio que está en La Rampa esquina a O.*
 —¿*Tienes llave de su casa?*
 —*No* ¿*Le pido una?*
 Volta se echó a reír.
 —*Ni se te ocurra. Entre otras cosas, no hace falta. Yo soy* «*un troesma pa' usar la ganzúa*», *como decía un tango de la vieja guardia* ¿*Tienes café?*
 —*Sí.*
 —*Hazme un café antes de irme.*
 Se despidieron con un beso. Luego Volta le puso 5 billetes de $20 en la mano y dijo:
 —*Cómprate una maleta pequeña y un bolso de mano.* ¿*Tienes una foto tamaño pasaporte?*

—*Sí. Me sobraron dos.*

—*Dámelas.*

Ella fue al cuarto y regresó con dos pequeñas fotografías. Volta contemplo el bonito rostro trigueño y, sin saber por qué, sonrió.

—*Vuelvo en dos meses. Dame otro beso.*

*****

A los dos meses Volta estaba de regreso.

—*No salgas en todo el día. Iré a verte.*

Al mediodía llegó a la casa de la calle Milagros. Como siempre, a pie. Un auto de alquiler podría llamar la atención; además, le gustaba caminar por aquel bonito barrio de tan extraño nombre: La Víbora. «En Cuba no hay víboras», pensó al visitarlo por primera vez, cuando llegó a la capital con la caravana de Fidel Castro.

—*¿Vas a verlo hoy?*

—*Sí. Esta noche.*

Estaban sentados a la mesa, ella sobre él. De un bolsillo lateral de su chaqueta Volta sacó un pequeño fajo de billetes, un teléfono celular y una pequeña libreta color rojo oscuro. Era un pasaporte dominicano expedido a nombre de Maria Dalia Caraballo Landa. Los sellos decían que la titular había entrado en Cuba por Rancho

Boyeros hacía 15 días procedente de Nassau, con visa de turista.

—Media hora antes de salir llámame. Te recojo en la esquina de Milagros y Mayía Rodríguez. No te olvides de tomar un diazepán antes de salir. Debes estar tranquila. O parecerlo.

Ella tuvo un escalofrío.

—¿Qué vas a hacer, Pepe? Tengo miedo.

—Voy a matarlo —dijo él, en un tono de absoluta indiferencia —Es lo único que se puede hacer. Por cierto, ¿en qué posición está la cama respecto a la puerta?

—De frente —murmuró Graciela.

—Perfecto.

Volta detuvo el auto alquilado en una zona de penumbra, a pocos pasos de la entrada del hotel Nacional.

—Son las 8 y 5. En una hora entro. Cinco minutos antes de la hora pídele que te haga sexo oral. Y no te cohíbas: grita. El carro estará en el parqueo de Humboldt y O.

Ella se bajó del auto en silencio y echó a andar rumbo a La Rampa, el tramo de la calle 23 de El Vedado que era el centro de la vida nocturna de la ciudad.

A las 9 y tres minutos, tras un pequeño retraso provocado por el paso de un vecino, él forzó la cerradura con la ganzúa. Tenía un plano del apartamento dibujado por ella, innecesario, porque las exclamaciones de Graciela le señalaban el camino. A pesar de su corpulencia, se movió como un gato en su camino a la habitación.

Allí estaba aquel miserable, la cabeza hundida entre los muslos de Graciela. Le apunto a la zona alta de la nuca y disparó. El hombre pasó de la delicia al vacío sin siquiera darse cuenta. Volta era zurdo, por lo que no tuvo que cambiar de mano la pequeña pistola; con la mano derecha ahogó el grito de la muchacha. Luego se llevó un dedo a los labios.

—Ssss —Le señaló las ropas esparcidas por el suelo. Luego tomó el cadáver por el pelo y lo echó a un lado. Cuando ella desapareció por la puerta del cuarto de baño inició el registro. Ya vestida, ella lo ayudó a encontrar lo que buscaba. Cuando terminó, le señaló la puerta reiterando el gesto de silencio.

Dos minutos después salió él. Bajó rápidamente las escaleras y salió a la calle. Unos metros más allá Graciela caminaba rumbo al parqueo. La sobrepasó sin mirarla y se dirigió al auto.

—Quiero estar contigo —dijo ella, y agregó: —Después de que me bañe.

—Vamos a una posada. No quiero volver a tu casa.

A pesar del cansancio y la tensión, Graciela estuvo a gran altura.

—A las siete de la mañana vendrá un taxi a recogerte. Recuerda hablar como si fueras de Santiago o de Guantánamo. Tómate otro diazepán y muéstrate tranquila.

—¿Y cuando llegue, Pepe? Si llego.

—Llegarás. No te preocupes por la llegada. Allá te esperan.

*****

Bachicao quiso saber por qué debía morir aquel a quien debía matar. Los *hitmen* (así los llamaban los americanos) no debían mostrar curiosidad sobre sus víctimas, pero él era un caso especial. El joven enviado de la Comandancia portador de la orden lo sabía y estaba interesado en mostrar respeto al hombre de largo y brillante historial, caído en desgracia (en relativa desgracia) por motivos que él ignoraba. Con la obsesión sexual que era parte inseparable del mundo violento al cual pertenecía, el agente le atribuyó alguna incursión en territorio ajeno cuyo dueño era alguien importante.

«¿A quién le habrás gozado la hembra?», pensó antes de contestar:

—Mató a uno de los nuestros.

—¿Aquí?

—Allá. En La Habana.

—¿Puedo saber? —preguntó él en un tono que dejaba claro su derecho a saberlo todo —No cualquiera va a Cuba para matar a uno del Aparato. Debe ser un tipo de mucho cuidado.

—Lo es. Tú lo conoces.

83

—¿Yo?

—Tú. Los dos estaban en el Aparato cuando comenzó, cuando se llamaba DIER. José Volta.

Claro que lo conocía. En 1964 se puso a conspirar, lo capturaron después de un tiroteo en el que, para suerte suya, no murió nadie. Aun así, se salvó de que lo fusilaran porque Ramiro Valdés intercedió por él y escapó con una condena de 30 años, de los cuales cumplió 18. Tras cinco años de libertad condicional durante los cuales se llevó a la cama a un número sorprendente de mujeres, emigró a Miami, descubrió que el socialismo le gustaba más que el capitalismo y comenzó a cooperar, aunque algunos sospechaban que tal cooperación era inducida por la *CIA*. Ya había estado dos veces en Cuba cuando Antonio Bachicao cruzó el estrecho de la Florida.

—Me había olvidado de él. Aquí no lo he visto.

—Estuvo un tiempo en Santo Domingo. Pero ya regresó. De aquí voló a La Habana para matar al nuestro, que apareció muerto en su apartamento. Un solo disparo con una 22. En la nuca. Estaba desnudo. En la autopsia aparecieron restos de fluido vaginal en la boca. Vaya, que la estaba pasando en grande cuando lo mataron.

—¿Cómo saben que no lo mató la mujer?

—Le dispararon desde atrás, a un metro de distancia más o menos, con una pistola de pequeño calibre, seguramente con silenciador. Volta se llevó la técnica, la que pudo encontrar: cámaras y micrófonos, y todos los *casse-tes*. En la investigación se descubrió que el nuestro se había ligado a la mujer de un balsero. Cuando fueron por ella no la encontraron. Luego apareció en Puerto Rico y terminó en Miami.

—¿Puerto Rico? ¿Cómo llegó allí?

—En una yola, desde la Dominicana. No lo hemos podido comprobar con certeza, pero todo indica que voló a Santo Domingo con un pasaporte falso.

—Obsequio del sujeto.

—No hay otra posibilidad.

Bachicao no pudo ocultar su admiración.

—El tipo es como Pichi: no repara en sacrificios.

—¿Pichi? ¿Cuál Pichi?

—El de *Las Leandras*.

—¿Las Leandras...?

—Olvídalo. ¿Qué más?

—Algo importante. Me encargaron investigarla y descubrí que Volta era su amigo de muchos años. Amigo de ella y del marido. También se habían acostado, antes de ella casarse; fue una de las tantas que se echó al pico cuando todavía estaba en Cuba; pero parece que a ésta le guardaba cariño.

Quedo en silencio. Bachicao esperó. No mucho.

—Allá llegaron a la conclusión que el nuestro la estaba chantajeando, por lo de la técnica y los *cassetes*.

—La filmó cuando estaban en la cama.

—Así parece. Todo indica que ella le pidió ayuda al antiguo amante y que el tipo fue a Cuba, mató al nuestro y se llevó lo que usaba para chantajearla.

Tras un largo silencio, Bachicao preguntó:

—¿No había sospechas de que trabajaba para la *CIA?*

—Había sospechas, pero Ramiro no las compartía.

—Si de verdad trabajaba para ellos, seguro que lo cesantearon por andar de caballero andante rescatando dama atribuladas. A todas estas, ¿cómo supieron que fue Volta?

El otro sonrió.

—Te dije que se llevó la técnica, ¿no?

—Eso dijiste.

—Una no la pudo encontrar. Cuando pasamos la grabación sólo se oían los gritos de ella. Después, el resoplido del silenciador y... silencio. No hablaban. Hasta que él dijo una palabra que nadie sabe lo que quiere decir: *Shambalajá.* Fue lo único que se escuchó en la grabación antes del sonido de la puerta al cerrarse. Cuando Ramiro la oyó, supo que era él

—¿Por qué?

—Un día, allá por los 60', Ramiro se citó con Volta en La Romanita... ¿Has estado allí?

—No. *Non me piace la mangeria italiana.*

—A Volta sí. Sus abuelos paternos eran italianos. Pues bien, La Romanita está en una especie de sótano. Cuando Volta bajaba la escalera tropezó y se fue contra la puerta, una puerta batiente, que se abrió hacia adentro. Entró dando tumbos y aterrizó de barriga en medio del salón. Todo el mundo se partió de la risa, hasta Ramiro; pero él ni se inmutó. Se puso de pie, saludo con las manos en alto a la concurrencia y dijo a toda voz: «¡*Shambalajá!*»

—Parece una versión del *Shalom Aleijan* de los judíos —dijo Bachicao, pensativo.

—Volta le daba el mismo uso, saludo o despedida, pero el significado es lo de menos. El que no hablaran indica que el hombre suponía que en alguna parte podría haber un micrófono, y pensar que Ramiro se hubiera olvidado de la palabrita... en fin, que la dijo para que supiéramos que había sido él. Fue como si hubiera dejado una tarjeta de visita.

—O sea, que nos mata a un hombre y encima nos desafía.

—Correcto. Eso no se puede tolerar. Hay que matarlo.

«Creo que no», pensó Bachicao.

No le gustaba en absoluto vengar la muerte de un chantajista. Bien estaba que se acostara con la mujer de un gusano balsero. Otra cosa muy distinta era que le sacara los dólares que el balsero le enviaba. Tomó una decisión.

*****

No había cambiado mucho. Ahora que lo tenía delante lo recordó cuando ambos eran jóvenes: corpulento, rubicundo, de pelo castaño claro; sus abuelos habían sido, seguramente, lombardos. Sus ojos observaban con aprobación el ir y venir de una pequeña y bonita camarera. La amiga que había ido a rescatar.

Supo exactamente lo que debía hacer cuando lo vio encender un cigarrillo luego de rematar su cena con un café. Se levantó, fue hacia la mesa que ocupaba su presunta víctima y, al pasar, tomó nota de la marca.

A ella la había observado detenidamente mientras lo atendía en aquel mismo restaurante: la típica cubana rolliza, con abundante carne en los senos, los glúteos, los muslos y las piernas, y poca en la cintura y los tobillos. Hermosa, sin duda, pero la hermosura no bastaba para explicar el por qué un hombre de sesenta años que tiempo atrás había sido su amante se jugara la vida para ayudarla a salir de una situación que ella misma se buscara.

«Esta gordita tiene que ser algo especial», pensó. En ese momento decidió averiguar qué de especial tenía.

Le dejó una buena propina. «Por lo buena que estás», pensó decirle. Lo pensó. Volvió a pensarlo. Luego se lo dijo, cuando ella lo miró con una sonrisa de agradecimiento:

—Por lo buena que estás.

No dijo nada, pero hubo un cambio en su sonrisa. Al salir, se volvió. Ella lo miraba con evidente curiosidad.

*****

Lo esperó en la entrada de su propia casa, una entrada recoleta, ideal para la emboscada: la puerta no se veía desde la calle. Sin decir palabra lo encañonó y entró tras él. En la penumbra, enmascarado con un pasamontañas, lo observó. Como él, pasaba de los sesenta, treinta más que la mujer por la que se jugara la vida.

Ahora, frente al que fuera amante y salvador de la hermosa camarera, y asesino de un compañero que se había dejado ganar por la corrupción, no perdió tiempo ni dijo una palabra que no fuera necesaria.

—Tengo órdenes de matarte. No quiero hacerlo. Como no lo voy a hacer, me debes la vida. Te mataré si hablas con la policía o con el FBI de lo que va a pasar ahora. Saca el arma muy despacio, tocando sólo la culata, y ponla en el suelo.

El hombre obedeció, sin molestarse en decir que no estaba armado. No parecía asustado. Siempre había sido un tipo duro y lo seguía siendo, o no hubiera hecho lo que hizo en Cuba. La facilidad con que se agachó no pasó inadvertida para el *hitman*: estaba en forma. Decidió dar un paso atrás. Del bolsillo lateral izquierdo de su *jacket* negro sacó una cigarrera de acero inoxidable, recuperó el espacio entre ellos y se la presentó.

—Ponla en el bolsillo delantero —cuando la cigarrera estuvo en su lugar, dijo: —La bala sólo te va a herir. Llama al *Rescue* enseguida. Si la puerta de tu casa se abre mientras yo esté a la vista, tiraré a matar.

Apuntó con cuidado y disparó. La bala calibre 38 de la Beretta penetro apenas en el pecho del hombre sin tocar ningún órgano. Cayó hacia atrás y quedo inmóvil.

«Eso es», pensó. «Hazte el muerto».

Lo puso boca abajo y le sacó la cartera y el reloj, un Cartier muy caro. Tomó luego la pistola, salió a la calle y caminó hacia su carro. Antes de cerrar la puerta estuvo a punto de decir «*Shambalajá*», pero se contuvo.

«A los chantajistas que los vengue su madre», se dijo mientras conducía hacia Miami Beach. «O Ramiro, que Volta debió haber sido fusilado hace cuarenta años, y si está vivo es por culpa suya».

Como todos los que asumen el papel de justicieros, Antonio Bachicao se sintió satisfecho consigo mismo. Ni por un momento pensó que matar a un amigo para quedarse con la novia era un crimen mucho peor que chantajear a una esposa infiel.

*****

Dejó pasar unos días antes de volver al restaurante donde trabajaba la muchacha. Ya sabía que vivía sola: el matrimonio con el balsero, como tantos otros, se había disuelto a poco de ella llegar. Esta vez no se limitó a sonreír ante la cuantiosa propina.

—Gracias —dijo en un susurro.

—Graciela —su nombre estaba en la pequeña placa que llevaba en el pecho; ella detuvo su retirada —¿Tienes algo que hacer esta noche?

—No. ¿Por qué?

—Me gustaría invitarte a salir.

—¿Por qué? —volvió a decir ella.

Él miró hacia delante, como si su mente estuviera ocupada con pensamientos complicados. En realidad lo estaba. Cuando habló, dijo la verdad.

—Hace mucho tiempo, muchos años que no encontraba una mujer que me gustara tanto como tú.

Consciente del halo de sexualidad que la acompañaba, ella estaba acostumbrada a gustar, pero ante aquellas palabras, dichas en un tono absolutamente neutro, como quien explica el funcionamiento de algo que está en venta, no supo qué decir. Tras un largo momento de sorprendido desconcierto, encontró una manera de ganar tiempo y enfrentar a lo inesperado:

—Si hablamos de gustar, no creo que a mi marido le guste que salga con otro.

Antes de hablar, él negó repetidamente con la cabeza.

—No tienes marido. Si lo tuvieras, no te habría invitado —dejó que asimilara el conocimiento que tenía sobre su vida; luego concluyó, halagador: —Sé algo de mujeres.

El leve halago surtió efecto. Retardado, porque algo llamó la atención de la muchacha, acostumbrada a estar alerta desde la aventura que tan caro le costara.

—¿Cómo sabe que estoy sola?

—Contraté un *detective*.

—Eso cuesta dinero.

—Poco, tratándose de alguien como tú. Tenía que saber si estabas casada; para no ofenderte. Fue suficiente.

—Está bien. Anote mi teléfono y mi dirección.

Él sacó una tarjeta, escribió, leyó en voz alta lo que ella le dictara.

—¿A las 8 está bien?

—Sí.

Al salir tiró la tarjeta en un recipiente de basura. Sabía perfectamente dónde ella vivía y cuál era el número de su teléfono.

*****

La llevó al Rusty Pelican, un restaurante a orillas del mar en Key Biscayne, demasiado caro para los recursos del balsero Tomás, que Graciela había visto de pasada yendo hacia El Farito. Luego se fueron a un hotel cercano al aeropuerto y esa noche él supo que había encontrado lo mejor a que podía aspirar: una sexualidad fuera de lo común, que se hizo evidente aún antes de poseerla; cuando le quitó el vestido, en el *panty* verde esmeralda resaltaba una mancha de humedad cuyas proporciones lo impresionaron.

*****

Decidió quedarse con ella, que bueno era tener algo que le recordara lo perdido. No quería líos conyugales; nunca los había tenido. Para forzar la situación, cuatro días después la llevó al apartamento que compartía con la pianista y, allí, en el sofá de la sala, la poseyó. Todo había pasado cuando sintió el ruido de la puerta at abrirse. Estupefacta, la mujer contemplaba el espectáculo. Poco duró su estupefacción. Miro el reloj que llevaba en la muñeca, luego a la pareja yacente y dijo:

—Vuelvo dentro de dos horas. Que para entonces no haya nada tuyo aquí.

Salió y cerró la puerta tras de sí. Sin ruido.

«Tiene crianza», pensó él con cierta melancolía.

Las mujeres que crecieron en el mundo que él contribuyera a crear y a sostener casi nunca tenían aquella clase, aquel dominio de sí mismas.

Alquiló un apartamento en el *South West*, cerca de donde ella vivía y trabajaba, pero no la llevo a vivir con él. Era demasiado riesgo. En su azarosa vida no había espacio para riesgos que era posible evitar.

*****

Antes de recibir la orden para marchar a Louisiana hubo otra «alerta de combate», como llamaba él con sorna a las órdenes para ejecutar condenas de muerte. Sólo que ésta resultó ser realmente una alerta, pues el objetivo no estaba definido y no se había tomado aún una decisión sobre proceder a ejecutarla.

El dueño de una agencias de viajes a Cuba, un promotor farandulero, uno que decía ser periodista y un político ya anciano que trataba de hacer olvidar que no pudo controlar sus nervios en 1961, cuando se suponía que la invasión americana era inminente. Todos incondicionales. Uno de ellos debía morir.

Él contempló, pensativo, las aguas de Blue Lagoon, el lago que se extendía paralelo a la pista sur del aeropuerto. El dueño del apartamento donde se alojaba el mensajero andaba de vacaciones marineras en un crucero que navegaba por el Caribe Oriental.

—«*He is a sonofabitch, but he is our sonofabitch*» —se volvió hacia el otro, que lo miraba sin comprender, no sus palabras, que el inglés le era familiar, sino el porqué de haberlas dicho —«Es un hijoeputa, pero es nuestro hijoeputa»: eso dijo Roosevelt refiriéndose a Tacho Somoza,

El otro sonrió.

—Nosotros no tenemos hijoeputas. Los usamos, pero no son nuestros. Me imagino que entiendes la idea. ¡Qué me voy a imaginar! La entiendes mejor que yo.

—La entiendo perfectamente. Es muy simple. Matamos a uno de esos, todos creerán que ha sido alguien de aquí y tendrán para rato con el exilio intolerante y reaccionario.

—Intolerante es.

—No tanto. Si yo estuviera en el lugar de ellos, hace rato que les hubiera picado las nalgas a esos cuatro.

El hombre hizo un gesto que podía significar cualquier cosa: una de ellas, que la suerte de aquellos sujetos le era indiferente.

—Si escogen a uno y dan la orden, tendrás que darle lo suyo.

—Por si les interesa mi opinión, yo liquidaría al *Bugamari*.

—¿El qué?

—El *Bugamari*. El que ha sido marido de muchos maricones y mujer de muchos bugarrones.

—¿El periodista?

—Ese. Es un imbécil. Tuvo muy buenas oportunidades en la televisión y las tiró por la borda con su arrogancia.

—¿No sería mejor matar al judío? El Comandante lo desprecia.

«Al Comandante se le da muy bien el desprecio», pensó Bachicao. Luego de pensarlo estuvo a punto de decirlo, pero se contuvo a tiempo.

—Con más razón. Seguro prefiere que muera de una de las enfermedades que acechan a los viejos.

—Está bien. Les haré saber cuál es el que te parece mejor.

El mensajero tuvo un momento de preocupada vacilación; no le gustaba el mensaje que debía trasmitir.

—Me ordenaron que te dijera que no podías volver a fallar.

—¿Fallar? —dijo, irritado, el proscrito, que todavía se sentía coronel— Yo no fallé. ¿Cómo iba a saber que el tipo tenía una cigarrera metálica en el sitio por el que debía entrar la bala? Disparé a donde tenía que disparar. Si se salvó fue porque aquél no era su día.

—No la cojas conmigo. Sólo te digo lo que me ordenaron que te dijera.

—Yo no te ordeno: te pido que les digas que no me jodan la paciencia. Yo no soy eso que los *yanquis* llaman un *hitman*.

El otro lo observó con curiosidad.

—¿No?

—No

—¿Qué eres, entonces?

—Yo soy un corsario. Navego con bandera. Sirvo a un gobierno. Mejor será que no se les olvide.

El asunto no llegó a concretarse. Cuando la rutina se rompió de nuevo, no mucho después, fue para darle la orden que hacía tiempo esperaba. Esta vez no se trataba de colaboradores sacrificables o de diplomáticos fugitivos.

*****

Dos horas después de haber recibido la llamada de aviso entró en la rampa de acceso al *Florida Turnpike*. La autopista lo llevaría a la Interestal 75 y ésta a la Interestal 10, que tomaría rumbo al oeste. Debía llegar a New Orleans poco antes de que el huracán penetrase en Louisiana.

Katrina, que tal era el nombre con que lo había identificado, se movía a 15 millas por hora, de modo que tiempo le sobraba.

Iba a matar a un hombre y, lo cual no le gustaba en absoluto, a su mujer. Tal como había sido planeada la operación por el Alto Mando, la mujer no podía quedar con vida. Ambas muertes serían enmascaradas por el monstruo de lluvia y viento que avanzaba sobre las cálidas aguas del Golfo.

¿Le permitirían regresar después de aquello? Todo indicaba que sí. El que debía morir era un escritor conocido y su notoriedad alimentaria el interés por aclarar su muerte. Además, su condición de contrarrevolucionario le aseguraba un indignado reclamo de justicia por parte de los de Miami y aunque las posibilidades de esclarecimiento fueran remotas, dejar a un fundador de la Inteligencia, a un «histórico», a merced de la eficacia del FBI, de la mala suerte o la casualidad era algo que estaba fuera de toda consideración.

Poco antes de la medianoche se detuvo en un pequeño pueblo cerca del río Swanee. Entre dos restaurantes de comida rápida escogió el de la cadena que tenía su sede en la llamada «Capital del Exilio», acompañando la selección con una sonrisa irónica. Compró su cena en el *Drive Through* y luego buscó un motel donde pasar la noche.

—*Hello.*

—Soy yo.

En la voz de ella apareció un timbre de beligerancia.

—¿Dónde andas?

—Escúchame. Ve al *closet* y busca en el bolsillo interior del saco gris.

—¿Para qué?

—Haz lo que te digo.

Un momento después ella dijo:

—Encontré una llave.

—Es la de una cajita de madera que hay en el librero. Vas a encontrar un sobre manila pequeño. Ábrelo.

Otra pausa.

—Aquí hay un reloj y una billetera.

—Bien. Dáselos.

—¿A quién?

—Al que te quito de encima a un tipo que te chantajeaba.

Se lo había quitado de encima literalmente hablando; la idea le provocó un acceso de risa silenciosa.

—¿Cómo sabes...?

—No importa. Lo sé.

Esperó, pero ella permaneció en silencio.

—Es importante para ti, ¿verdad?

Ella tardó en contestar. Cuando lo hizo, su voz sonó dulce, muy dulce.

—Fue mi primer hombre.

—Eso siempre deja huella —dijo él, con una amargura que ella no captó, ni hubiera podido comprender —Pórtate bien, gordita. Y, como dicen los americanos: *Thanks for the memories.* Déjame decirte esto: después de haber estado contigo puedo comprender que ese hombre hiciera lo que hizo para salvarte. Parece que siempre dejas un buen recuerdo.

—Así que fuiste tú.

—Fui yo, ¿qué?

—El que lo atacó.

—Míralo de ésta manera: fui yo el que lo dejó vivir.

—¿Por qué?

—Eso es cosa mía.

—Eres del G-2. Él lo sabe.

—Pero no sabe quién soy.

—Ahora lo sabrá.

—Muy tarde. Por cierto, aquella noche, cuando mató al que te chantajeaba, ¿qué hicieron después?

—Nos fuimos a una posada y le di lo que se merecía; lo que se había ganado. Lo que le di cuando yo tenía quince años.

—¡Bien por ti, Gracielita! Te felicito. Ahora que yo me voy, deberías juntarte con él.

—¿Tú crees? ¿Por qué?

—Porque se la jugó por ti. Si el Aparato le hubiese echado mano, ni Ramiro Valdés lo salva del paredón. Es un hombre valiente. Se merece algo como tú para terminar su vida.

—Algo como yo... ¿Qué soy yo?

—Un montón de carne sólida que es como una diosa en la cama —comprendió que la conversación se había prolongado demasiado y decidió terminarla: —Hazlo.

—No sé. Él es bueno como amigo y como amante. Para marido no sirve.

—¿Por qué?

—Demasiado mujeriego.

El coronel Bachicao decidió utilizar una broma como despedida:

—Como dijo Osgood Fielding III: nadie es perfecto.

Apagó el celular cuando ella se disponía a preguntar quién demonio era Osgood Fielding III.

Graciela colgó el teléfono al cortarse la comunicación. Durante unos minutos no supo qué hacer. Luego llamó a José Volta.

—Pepe.

—Dime, Gracielita. ¡Qué raro recibir una llamada tuya! Desde que te juntaste con ese tipo me tienes en el abandono.

—Ven para acá, por favor.

—¿A tu casa? ¿Y si tu *marinovio* se disgusta?

Ella tardó en contestar.

—Se fue —dijo.

—¿Cómo que se fue? ¿A dónde?

—No sé. Se fue y no va a volver. Ven, Pepe, por favor.

Como siempre ocurría en sus crisis, ella lo recibió besándolo como si el beso fuera el último de su vida. Luego le entregó el reloj y la billetera.

—¿Y esto?

—Son tuyos. Tu reloj y...

—Ya sé que son míos. ¿Quién te los dio?

—Él —no tenía ganas de decir su nombre.

Volta fue hacia la mesa, colocó sobre ella la billetera y el reloj, tomó asiento en una silla y, como siempre hacía, la invitó con un gesto a sentarse en sus piernas. La acarició en silencio. Luego dijo:

—Así que fue tu *marinovio* el que me asaltó. Mejor sería decir el que simuló que me asaltaba... aunque el plomazo me dolió bastante.

—El mismo fue. Es del G-2.

—¿Cómo lo sabes?

—Sabía que fuiste tú quien mató a aquel desgraciado, que fuiste tú quien me sacó de Cuba, sabía lo del chantaje. Lo sabía todo. De allá lo mandaron a que te matara.

Volta la beso distraídamente en el cuello.

—Pero no quiso matarme. No quiso cumplir la orden. Me lo dijo. ¿Sabes lo que hizo? Me puso una cigarrera metálica en el bolsillo del *macfarland* y disparó ahí. La bala apenas me hirió.

—Nunca me lo dijiste. Sólo que te habían asaltado en tu casa y te habían robado el reloj y la cartera.

—¿Para qué iba a decírtelo? Yo a la mujeres les doy cariño, no preocupaciones.

—Otra cosa: parece tener muy buena opinión de ti. Dice que fuiste muy valiente cuando me salvaste de aquel tipo.

Volta esbozó una mueca despreciativa.

—Los elogios del enemigo me resbalan.

—También dijo que yo debería juntarme contigo.

La acarició en silencio, con aire ausente. Por fin dijo:

—Quizás tenga razón —tras otra pausa meditativa dijo: —¿Tienes idea de a dónde puede haber ido?

Ella negó con la cabeza, trató de recordar algún indicio que pudiera ser útil, volvió a negar.

—No. El *caller ID* marcó *unknown number*. Llamé a su celular y estaba apagado.

Volta le palmeó las nalgas.

—Sírveme un trago, ¿sí?

Graciela se levantó, fue a la cocina y regresó con un Bacardí Limón a la roca. Quedó de pie ante él. Volta bebió dos sorbos en silencio.

—Pudiera estar regresando a Cuba —dijo —Pero algo me dice que fue a matar a alguien. Ese alguien, sea quien sea, va a necesitar mucha suerte.

Ella se volvió a acomodar en su regazo.

—Quédate a dormir conmigo.

—Me pregunto por qué te llamó —dijo Volta sin hacer caso del ofrecimiento —Es un profesional de primera clase, pero esa llamada no fue una muestra de profesionalidad. Tampoco el haberte tenido de amante.

Graciela sonrió.

—Creo que yo le gustaba. Dijo...

Su sonrisa se acentuó. Puso la cabeza sobre su hombro para que él no la viera sonreír.

—¿Qué dijo?

—Que yo soy como una diosa en la cama.

—Me parece una buena definición.

Aún no amanecía cuando Volta se levantó y salió del cuarto. Apenas había podido dormir, a pesar del cansancio que Graciela era capaz de generar. Encendió un cigarro y contempló la noche desde el balcón del apartamento. Soplaba un fuerte viento, en forma de rachas. Entonces recordó el enorme ciclón que avanzaba por el Golfo de México.

«Si no ha regresado a Cuba es que va a matar a alguien en algún estado de la costa del Golfo», pensó.

Tenía lógica. El desbarajuste provocado por un huracán de gran intensidad se prestaba para todo lo que fuera delito, desde el saqueo al asesinato. ¿Iba a matar a alguien en New Orleans? ¿En Biloxi? ¿En Mobile? ¿Quién que él conociera vivía en esos lugares? Pocos exiliados había en Lousiana, en Alabama, en Mississippi. Mucho más numerosos eran en Houston, ciudad que también podría ser golpeada por el ciclón, aunque no estaba en la trayectoria pronosticada. Era a New Orleans a donde se dirigía y la vieja ciudad no se le quitaba de la cabeza. Entonces recordó al profesor de Sam Houston State University, compañero de galera durante sus últimos en prisión.

—*Hello* —dijo una voz cuyo dueño aún no despertaba del todo.

—¿Saumell? Soy yo, Volta. Perdona que te llame tan temprano.

—¡Que te perdone Tony Montana! Son las seis, estuve calificando exámenes hasta las tres y ahora vienes tú a joder. ¿Qué carajo quieres, viejo loco?

—¿Sabes de algún cubano que viva en New Orleans?

—Cubanos hay hasta en Alaska. En New Orleans debe de haber dos o tres mil, por lo menos.

—Pero, ¿hay alguno que sea importante?

—¿Importante en qué sentido? Bibi Beguiristain es importante. Es la dueña de Antoine's, un restaurante famoso.

—Importante como para que de Cuba lo manden a matar.

El furioso y soñoliento profesor dejó atrás la furia y el sueño.

—Guillermo... —dijo en un susurro.

—¿Qué Guillermo?

—El que secuestró a Rafael Marqués.

—¿Ese? ¿Estás seguro?

—Seguro, no estoy. Éramos amigos desde Cuba y estuvo aquí de profesor antes de lo del secuestro, pero se casó y el matrimonio parece que lo recluyó en eso que Juan Luis Guerra llama «una burbuja de amor»; hace tiempo que no sé de él. Alguien me dijo que se había mudado a New Orleans.

—¿Tienes manera de localizarlo? ¿Su dirección, su teléfono?

—Tengo su *e-mail*; si no lo ha cambiado.

—Dámelo, por favor.

Volta envió un mensaje de alerta a la dirección electrónica que le dio Saumell. A mediodía envió otro y otro más a las cuatro de la tarde. Ninguno sería leído. El matrimonio pasó el día preparando su casa para la arremetida de Katrina y la computadora permaneció apagada.

*****

Antonio Bachicao durmió bien. Siempre dormía bien. Compró una pinta de leche en una gasolinera y puso rumbo a Louisiana. Al cruzar el Swanee tiró el celular sobre la baranda del puente.

En el camino lo asaltó una duda: ¿qué haría si fracasaba? No podría volver a Miami, pues José Volta, aunque le debía la vida, pudiera no ser un hombre agradecido, y contar con que lo fuera sería irracional. Al cabo, desechó sus temores: nunca había fracasado en una misión. Entonces recordó la escapada de Alejandro Sarmiento en París. Aunque era un recuerdo desagradable, bueno fue recordarla. Con el hombre al que iba a matar tampoco se estaba nunca seguro.

Fernando Arias irrumpió en su memoria. «Aunque camine por valle de sombra y de muerte no temeré mal alguno porque tú estarás conmigo»: Era el salmo favorito de Fernando, escrito por el rey David. De David, a Bachicao le interesaba más la honda que el arpa, y Fernandarias no necesitó caminar por un valle de sombra y de muerte; bastó con que entrara en una cueva cuando él dijo que había escuchado voces en la espesura del bosque serrano. Entró en la cueva y murió, y nadie estuvo allí para protegerlo.

En cambio, aquel a quien iba a matar si parecía estar protegido por alguien, por algo. En Cuba sólo pasó cinco semanas en prisión. Nunca lo trataron como se merecía y lo dejaron ir sin apenas poner trabas; sólo le retuvieron al hijo y se las arregló para sacarlo secuestrando a alguien de importancia para el Comandante. El colmo fue lo de Marruecos: cuando resultó evidente que andaba en trajines para algo de envergadura y se decidió acabar con él, uno de los mejores tiradores del Aparato apenas logró herirlo y el atentado les sirvió de pretexto a los yanquis para volver a aceptarlo en su territorio.

Aquí no se había relacionado con ningún grupo contrarrevolucionario, pero sus artículos eran puro veneno contra la Revolución. Más bien contra Fidel. Parecía obsesionado con matarlo y proclamaba abiertamente su obsesión: «¿Qué se puede hacer con Fidel Castro? Matarlo o esperar a que se muera. La segunda opción no tiene sentido».

¿Por qué no habían acabado con él en Cuba? ¿Por qué le habían permitido marcharse? Algunos en el Aparato le mostraban incluso algo que, si no era admiración, lo parecía. *Silver Bullet*: tal era el nombre de la operación que debía culminar con su muerte. Se enfurecía al recordarlo porque sabía que el origen de aquella denominación estaba en el mote con que algunos lo llamaban en la Dirección de Inteligencia: *Casco de Plata.*

A los enemigos no se les llamaba con sobrenombres que aludieran a una cualidad y menos si esa cualidad estaba relacionada con la belleza. ¡Parecía cosa de maricones, carajo! Cuando mostró sus disgusto, le dijeron que el mote venia de cuando el Jefe era Manuel Piñeiro, que se le había ocurrido al propio *Barbarroja*, que lo tomo del título de una película francesa, *Casco de Oro*, cuya protagonista era una prostituta rubia que moría apuñalada por su chulo. Pues bien, le metería una bala de plomo en su casco de plata a aquel desgraciado.

Se detuvo en una zona de descanso desierta para cambiar la placa de la Florida por una de Quebec robada hacía más de un año. Al llegar a New Orleans, ya con las primeras ráfagas del huracán, pasó ante la casa. Dejó el carro a cinco cuadras de allí, en una calle lateral, luego de colocar su equipo en los bolsillos del impermeable: visor infrarrojo, cinco petacas de fósforo vivo, un juego de ganzúas, una pequeña cizalla con brazos recubiertos de material aislante y una pistola Sig Sauer de 9 mm. Se echó a la espalda una pequeña mochila en la que había dos recipientes llenos de gasolina, cada uno de medio galón, y tomó rumbo a su objetivo.

Entró en la casa poco después de la medianoche tras neutralizar la alarma y forzar la cerradura. Inmóvil en la sala a oscuras, aguzó el oído. El silencio era total. La pareja dormía. Entonces se puso en movimiento. El visor infrarrojo le permitía moverse en la oscuridad sin tropezar. Sin hacer el menor ruido, roció con el líquido inflamable la sala, el comedor y la cocina, y coloco las petacas donde más daño pudieran causar. Luego subió al segundo piso y fue directamente al cuarto donde dormía la pareja.

La criada de la casa, mujer de un *Black Muslim*, era una colaboradora; había aceitado las bisagras de la puerta que daba a la habitación, que se abrió sin hacer el menor ruido. Antes de entrar, Bachicao comprobó que la oscuridad no era total: la luz de un farol en el patio la convertía en penumbra.

Con un rápido movimiento se quitó el visor y apuntó. En la semioscuridad relucía la cabeza de aquel a quien *Barbarroja* llamara *Casco de Plata*. De pronto, el hombre se irguió, obligándole a modificar el ángulo de tiro antes de disparar. Lo alcanzó en el pecho. Volvió su atención a la mujer y le disparó a la cabeza. Entonces escuchó un golpe de algo contra el piso de madera. El hombre al que debía matar ya no estaba en la cama. Un instante después se oyeron dos detonaciones sucesivas y el dolor en uno de sus tobillos, alcanzado por las municiones de una bala de *shotgun*, le hizo gritar. No tuvo tiempo de reponerse: sobre el borde de la cama asomó la cabeza de *Casco de Plata*, y luego sus manos, que empuñaban un Smith & Wesson *Governor* 45. Otra bala destrozó el pecho del hombre venido de Miami.

Diez minutos después de penetrar en la casa, Antonio Bachicao, coronel de la Inteligencia cubana, estaba muerto. El hombre que lo había matado, que muerto estaría también dentro de poco, dedicó sus últimas fuerzas a arrastrar su cadáver escaleras abajo y luego hasta la calle. Lo llevó hasta la acera y lo dejó caer en la cuneta.

La inundación provocada por el huracán lo llevaría al Mississippi y la corriente del gran río al Golfo de México, en cuya orilla opuesta estaba La Habana. Quizás otro río mayor aún que el Mississippi, la Corriente del Golfo, pudiera llevarlo hasta la Isla de 1 200 kilómetros de largo, pero era poco probable que llegara. Era mucha la distancia y muchos los tiburones.

*****

Meses después, el mayor Fernando Bachicao fue convocado al despacho del Ministro del Interior.

—Tu padre ha desaparecido —dijo el ministro —Fue a cumplir una misión, la cumplió y no hemos sabido más de él. Creemos que está muerto.

El esfuerzo que hizo para no llorar hizo irregular su respiración. Era imposible no pensar en la responsabilidad que le correspondía por aquella muerte. La muerte del hombre que había sido, de hecho, su padre. Ambos eran culpables: él viejo, por lo que hizo; él, por su afán en buscar la verdad. La encontró y la verdad resultó excesivamente cara.

El ministro empujó hacia él una caja de caoba que estaba sobre el buró.

—Sus condecoraciones. Me las entregó cuando lo destinamos al exterior —Luego tomó una medalla de un pequeño estuche que tenía ante sí y la puso sobre la caja.

—Ésta es la última —dijo con evidente pesar.

Bachicao contempló en silencio la medalla. El ministro esperó.

—¿No hay otra posibilidad... más que esa? ¿Que haya muerto?

—No. De que cumplió su misión no hay la menor duda. La muerte del hombre a quién mató fue noticia; era conocido, poco menos que famoso. Pero de él no hemos vuelto a saber. Tenemos a alguien en el lugar de los hechos. Estuvo allí. Preguntó. En la casa aparecieron dos cadáveres; dos cadáveres carbonizados, que la casa se incendió.

—Uno de los cadáveres...

—No. Eran un hombre y una mujer. A ella debía matarla también. ¿Te acuerdas del ciclón Katrina, el que desbarató Nueva Orleans? Tu padre y Katrina llegaron al mismo tiempo. Hubo cientos de muertos y desaparecidos. Todo apunta a que fue uno de ellos. Además... —se detuvo, como si no tuviera deseos de decir lo que iba a decir— El hombre al que ejecutó era un tipo de cuidado. Quizás se defendió y lo mató antes de morir. Hubiera sido muy propio de él; ese sujeto nos dio mucha guerra.

Hubo otro largo silencio que Fernando Bachicao rompió con una pregunta que reflejaba su última esperanza.

—¿No pudiera haber desertado?

El ministro sonrió. En su sonrisa había tristeza, pero también orgullo. Estaban hablando del padre del oficial que tenía delante, pero también de uno de sus hombres.

—¿Desertar Antonio Bachicao? Primero deserto yo. Además, ya se hubieran sentido los efectos. No, muchacho. Está muerto. Quizás nunca sepamos cómo murió, pero de que está muerto no hay dudas.

Fernando contempló largamente la última condecoración ganada por su por el que había sido su padre, el único padre que conociera. Luego la guardó en la caja junto a las otras.

—Quiero pedirle algo, general.

—Te escucho.

—En la morgue de Santiago de Cuba está desde hace nueve años el esqueleto de un hombre. Aunque no se ha podido identificar oficialmente, estoy seguro de saber quién es. Se trata de un soldado de la columna del Che. Quisiera que me autorizara a colocar sus restos en el panteón de las Fuerzas Armadas.

El ministro sabía de quien se trataba. Sin mirarlo, asintió repetidamente. Por fin dijo:

—Te autorizo.

Bachicao se puso de pie.

—Se lo agradezco, general. Permiso para retirarme.

—Aún no terminamos —dijo el ministro; con voz apagada agregó: —Atención.

Fernando juntó los talones y miró al frente.

—El Estado Mayor del Ministerio del Interior, a sugerencia mía, ha acordado ascenderlo al grado de teniente coronel.

Él quedó en silencio unos instantes. Luego, cuidando que no se le quebrara la voz, dijo.

—Gracias, general.

—Puedes retirarte —dijo el ministro —Dales mis condolencias a tu mamá. Es una gran mujer. Digna de él.

—Gracias. Yo lo creo así.

*****

Al entrar en el edificio del aeropuerto abrazó a su esposa. No la besó. Sin romper el abrazo le dijo:

—¿Vamos a San Pedro de Mar? Me vendría bien un daiquirí.

Ella se separó y lo miró a los ojos.

—¿Qué pasa?

—Primero un trago, ¿sí? Lo necesito.

Hicieron en silencio el breve recorrido al cercano restaurante, para ellos emblemático. Ella esperó que terminara su daiquirí sin tocar el suyo. Cuando la copa estuvo vacía, empujó la suya hacia él.

—Tómatelo. No tengo ganas de beber. Y... dime qué pasa.

Bachicao tomó un sorbo de la bebida helada. Luego dijo:

—Mi padre murió. Desapareció hace seis meses. En Nueva Orleans.

—¿En Nueva Orleans? ¿Qué hacía allí?

—Le ordenaron ajusticiar a alguien. Lo hizo. Fue cuando el paso de Katrina. Pero algo salió mal y no se ha vuelto a saber de él.

Ella volvió la vista hacia el mar. Sin mirarlo a él, dijo:

—El ajusticiado no se dejó ajusticiar así como así.

—Es una posibilidad. Una de tantas, que con un ciclón de gran intensidad en el escenario, cualquier cosa puede suceder.

La doctora buscó con la vista al camarero. Le hizo una seña girando el índice de su mano derecha. Cuando el hombre llegó con dos nuevos daiquirís apuró la mitad del suyo de un trago.

—¿Por qué lo sancionaron?

—¿Quién te dijo que estaba sancionado?

—No hace falta que nadie me lo diga —contestó Carla irritada —¿Crees que lo único que sé hacer es tasajear cadáveres? También sé sumar y restar. Si a un coronel de la Inteligencia lo mandan durante nueve años a territorio enemigo es porque está sancionado.

Bachicao guardo silencio. Buscaba palabras con que decir lo que decir debía. Las que encontró eran simples y terribles.

—Mató a un hombre. ¿Recuerdas cuando nos conocimos, cómo nos conocimos?

—¿El muerto de la cueva?

—El muerto de la cueva. Él lo mato.

—¿Quién era?

—Uno que subió con él a la Sierra. Estaban juntos en la columna del Che. Era su amigo… y novio de mi mamá —se detuvo y tomó una bocanada de aire —El que me engendró.

Ella le tomó las manos.

—¿Tu…?

—No. El que preñó a mi madre. Mi padre era el matador.

—¿Vas a decírselo a ella?

—¿Qué murió? Claro que sí —señaló al maletín junto a la mesa —Ahí traigo sus medallas.

Ella negó repetidamente con la cabeza.

—No es eso lo que te pregunté.

—Ya. No, no se lo voy a decir. De nada serviría.

Bajaban rumbo a la ciudad por la carretera del Morro cuando él se decidió.

—Carla.

—¿Sí? —contestó ella sin quitar la vista del sinuoso camino.

—¿Recuerdas que te pedí que conservaras los restos de ese pobre hombre, que los guardaras en la morgue?

—En la morgue están. ¿En qué estás pensando?

—En enterrarlo en Santa Efigenia; en el panteón de las FAR. El ministro me autorizó a hacerlo.

Ella guardó silencio durante un largo rato.

—¿Sus padres viven?

—El padre murió. La madre vive en Holguín. Si es que a eso se le puede llamar vivir. Tiene el mal de Alzheimer.

—Lástima. Alina la hubiera recibido con gusto.

Cuando llegaron frente a la casa ella lo besó largamente. Luego dijo:

—Tengo que preguntarte algo. ¿Te sientes culpable por la suerte de tu padre?

Él tardó en contestar.

—Mi empeño en aclarar el caso fue lo que provocó su desgracia —dijo con una voz apenas audible.

—No. Su desgracia la provocó él mismo con lo que hizo. ¿Lo acusaste? Cuando me pediste que guardara los restos de ese hombre en la morgue ibas a presentar una solicitud de sobreseimiento.

—La presenté, pero antes le dije a él que lo sabía. Que sabía que él era quien lo había matado. Y por qué.

—Se lo dijiste a él. ¿A quién más?

—A nadie más. Ni siquiera a ti.

—Ni siquiera a mí. Entonces, ¿por qué lo sancionaron?

—No lo sé con certeza. Seguramente habló con el ministro y confesó lo que... lo que había hecho. Fue entonces que entregó sus medallas.

—O sea, que confesó su crimen por decisión propia. Tú no lo delataste.

—Pero si yo no hubiera investigado el caso, si no hubiera puesto tanto empeño en investigarlo...

—Tú eres un oficial de la policía —lo interrumpió ella —Era un homicidio sin resolver y tu deber era investigarlo —miró hacia la calle; no quería que él viera sus lágrimas —¿Te conté cómo murió mi madre?

—Me dijiste que tuvo un paro cardiaco.

Ella asintió repetidamente. Luego dijo:

—Sí. Un paro cardiaco. El corazón dejó de recibir sangre cuando ella se cortó las venas.

—¿Se...?

—Sí. Se suicidó. Ella se oponía al matrimonio con el que fue mi primer esposo. Decía que era un canalla. Pero yo estaba enamorada y me casé. Unos días después de la boda, cuando yo todavía estaba de luna de miel en Viñales, se suicidó. Cuatro años más tarde, aquella relación explotó. Él era peor aún de lo que mamá decía. Y yo me hundí. Dejé la Universidad y me hundí en un pozo donde todo era desdicha y culpa. Hasta que Verónica me sacó del fondo del mal... —sonrió con sarcasmo —¡El fondo del mal! ¿De dónde habré sacado yo esa frasecita?

—De un bolero de Pepé Delgado que cantaba Pacho Alonso —dijo Fernando acariciándole los cabellos.

—No está mal para letra de bolero. Y tú has aprendido mucho con Lucrecia. Estás hecho un musicólogo.

—Menos mal que tu hermana te ayudó —dijo él sin hacer caso de la digresión.

—¿Mi hermana? Verónica no es mi hermana. Mi hermana se llama Emilia y no me habla desde que mamá murió.

Fernando recordó: siempre le había llamado la atención la falta de parecido entre Carla y aquella muchacha cuyo retrato los había acompañado desde siempre, la que vivía en Dallas, con la que se escribía y hablaba por teléfono por lo menos una vez al mes. Eran dos bonitas mujeres, pero la belleza de Carla nada tenía que ver con la de la otra.

Ella no esperó la pregunta.

—Verónica es la psicóloga que me trató. Una amiga común le habló de mí, del estado en que me encontraba, y cuando Vero le dijo que el porcentaje de suicidios es muy alto entre los hijos de suicidas y citó ejemplos, Hemingway incluido, la trajo a mi casa. Ella había presentado solicitud para irse del país y estaba sin trabajo. Se dedicó a mí. Me dijo que mi madre había sido una persona posesiva y manipuladora hasta llegar a lo patológico; que se había suicidado cuando yo me negué a dejarme manipular; que tuviera razón en cuanto a la índole del hombre con quien me casé era irrelevante; que todos tenemos derecho a disponer de nuestra propia vida y que es imposible vivir sin equivocarse. Cuando se fue, seis meses después, ya me había sacado a flote.

—Fue dura con tu madre —dijo Fernando.

—Eso le dije un día. Me respondió que mi madre estaba muerta y que nada se podía hacer por ella. Que su paciente era yo. En fin, que regresé a la Universidad, terminé Medicina, hice mi servicio social en Isla de Pinos y mi internado, y cuando completé mi especialidad en Patología me mandaron aquí. Te cuento esto porque no puedes vivir con esa culpa, que culpa no es. Tu padre y mi madre murieron por ser como eran, por hacer lo que hicieron, no por lo que tú hiciste ni por lo que hice yo. Tienes que desechar esa idea o tu vida se va a convertir en un infierno. Y la mía también. Y quizás la de tus hijos. No eres culpable de nada. Ahora, si no tengo razón, dime por qué no la tengo.

Antes de contestar, él tuvo un pensamiento feliz. Podrían haberla destinado a Cienfuegos, a Matanzas, a Pinar del Río, pero la enviaron a Santiago de Cuba y allí estaba. Acompañándolo. Una frase escuchada hacía mucho tiempo regresó a su memoria. «Me pierdo en tus ojos», le había dicho en un momento de arrobo una de las mujeres que ocupara un breve espacio en su larga vida de soltero. A pesar de su origen, parecía hecha para Carla.

Ella supo que su pensamiento vagaba por algún lugar remoto.

—¿Por dónde andas? ¿Por qué sonríes?

—Pensaba en algo que me gustaría decirte… y en cómo te reirías de mí si te lo dijera.

—¿Por qué iba reírme?

—Porque eres muy burlona.

—¿Puedo saber al menos de qué se trata?

—De un piropo.

—Me gusta que me digas piropos.

—Este no te iba a gustar.

—¿Por qué?

—Me lo dijeron a mí.

—Sí, ¿eh? ¿Una de tus puticas?

Él se echó a reír. Al escuchar su risa, ella supo que había ganado aquella importante partida.

—Bien, ya me lo dirás otro día. Ahora, dejémonos de adivinanzas. ¿Tengo o no razón?

Fernando juntó su cabeza con la de ella. Sin mirarla, dijo.

—Tienes razón.

Ella lo besó en la mejilla.

—Esto pasará. Ya verás ¿Todo bien, mi mayor?

—Teniente coronel —dijo él —Me ascendieron.

Carla recibió la noticia como si fuera parte del orden natural de las cosas.

—Ya era hora. Anda, ve con tu madre. Yo voy a buscar a los muchachos. Me los llevaré a dar una vuelta por Enramada para entretenerlos.

—Llévalos a Las Novedades. Se vuelven locos por los dulces.

—Como su padre. Anda, ve.

Fernando Bachicao entró en la casa del reparto Vista Alegre. Fue hasta terraza del patio donde su madre tejía y colocó la caja con las condecoraciones en la pequeña mesa, junto a las bolas de hilo de tejer. Ella levantó la vista.

—Me asustaste —dijo, ofreciéndole la cara para el beso; de inmediato notó el talante trágico de su hijo —¿Qué pasa Fernandito? ¿Qué hay en esa caja?

Él echó la cabeza hacia atrás y cerró los ojos.

—Las medallas de papá.

Ella contemplo la caja y sus ojos comenzaron a nublarse.

—Lo mataron, ¿verdad?

—Sí.

—Hace seis meses —murmuró la mujer.

Fernando la miró, asombrado.

—¿Cómo sabes…?

—Hace seis meses lo vi. En nuestra casa en La Habana. Recuerdo la fecha por aquel ciclón, Katrina lo llamaron, del que nos libramos y que acabó con esa ciudad americana. Nueva Orleans, ¿no?

—Nueva Orleans —repitió él en un susurro.

—El día en que Katrina arrasó Nueva Orleans lo vi en el balcón. Miraba hacia el mar. Supe que estaba muerto porque a Fernando… a Fernando Arias también lo vi el día que lo mataron en la Sierra. Y a Madrina, el día que murió. Conseguí un pasaje de avión a Cienfuegos y de allí tomé un taxi hasta Palmira. Cuando llegué, la estaban velando.

Él la abrazó. Cuando dejó de llorar, ella preguntó:

—Lo mandaron allá castigado, ¿verdad?

—No. ¿Por qué habrían de castigarlo?

—Entonces, ¿por qué devolvió las medallas?

Fernando besó repetidamente sus cabellos. Ya eran grises, pensó. Un bello color gris, veteado de blanco.

—La misión que le encomendaron era muy peligrosa. Muy a largo plazo. No sabía si podría regresar: no sabía siquiera si sobreviviría. Las quiso donar al Museo de la

Revolución. Pero el Ministro decidió entregártelas. Dice que es lo menos que se merece la viuda de dos mártires. No era verdad; el ministro no había dicho nada siquiera parecido. Ella lo miró, asombrada. Todavía era capaz de ruborizarse.

—¿Ellos saben...?

—Sí, mamá. Ellos lo saben todo.

La dejó llorar sin intentar consolarla. Era un llanto del tamaño de su pesadumbre.

—¿A dónde vas? Quédate conmigo.

—Vuelvo en seguida —dijo él.

Volvió en seguida. Abrió la mano en la que traía algo; era una piedra gris, casi negra, engarzada en una cadena de oro.

Llegaron los muchachos de la escuela. Al escuchar el tumulto infantil y la voz de su nuera, Alina secó apresuradamente sus lágrimas con la pieza que estaba tejiendo. Los niños irrumpieron en la terraza y se abrazaron al padre, que había estado ausente dos días. El varón rompió el abrazo y se enfrentó a su abuela. Había notado sus ojos húmedos.

—Abuela.

—Sí, mi niño.

—Estás llorando.

Ella logró una sonrisa. Hizo un gesto de negación. Lo abrazó. Con la cabeza de negrísimos cabellos junto a la suya miró a su hijo.

—Como dijo Buesa: «No es nada, ha sido el viento».

—¿Quién es Buesa? —pregunto el niño, separándose de ella y mirándola a los ojos.

—¿Vas a ser policía como tu padre? Todo lo quieres saber. Buesa es un viejo amigo mío. Era, que ya murió.

—¿Y esas medallas?

—De tu abuelo.

—¿Las ganó en la guerra?

—En varias guerras.

Carla salió al patio.

—Vamos —les dijo a los niños —A cambiarse.

—Espera —le dijo Alina al niño —Ven aquí. Deja que vaya tu hermana primero.

Alina tomó la piedra de rayo y se la entregó.

—Póntela.

El niño hizo pasar la cadena de oro por su cabeza. Luego contempló el amuleto.

—Está bonito. ¿Qué es?

Alina miró a su hijo.

—Algo que perteneció a tu abuelo. A uno de tus abuelos.

ALGUNOS LIBROS PUBLICADOS EN LA COLECCIÓN CANIQUÍ POR EDICIONES UNIVERSAL: